女神

わたしの女神たち

渡边淳一 著

时卫国 译

青岛出版社

译者前言

《女神》是作者在二十世纪七十年代中期推出的一部随笔集,作品从男女两性的本源出发,对两性关系进行了深入的探讨和挖掘。将两性不同的生理结构、心理状态、思维方式、行为准则、本能欲望、生活细节等多个方面作为切入点,全方位地剖析了"女神们"的精神轨迹、思想套路及行为举止,对女性的本来面目进行了详尽、精妙的阐释,是一部破解两性奥秘的可读性极强的随笔作品。

本作品共由五章构成。第一章着重揭示食欲和性欲都是人的第一本能。与之相比,父爱、友情则低一个等级,是非理性的、带有情智的、相对较弱的第二本能。女性独有"母爱"这一本能。有人认为应归属于第一本能,有人认为应归属于第二本能。

男女有别,且在很多方面大相径庭。不局限于外表与生理,从趣味到爱好,再到世界观与感受性,各个方面都不相同。比如男人认为爱看家庭剧或歌舞类节目的女性庸俗,女性则认为爱看战争片或黄片的男人低级;女人不关心政治,只关注生活,而男人醉心于政治,却不做家务。因为现代的男女之间言行没有禁忌，因而相互没有了神秘感和危机感。

女人的一生犹如盛宴上的"全席"。从失去处女身、结婚、妊娠、分娩，到抚养子女长大成人，以至解除婚姻关系等各道"菜品"，无所不包，无所不含。经历过"全席"的女性，与尚未完善的女性相比较，显得稳重、老成而充满自信，二者在生活历练和人生感悟上有着天壤之别，难以同日而语。男人则缺少这些"菜品"，充其量是结婚生子，辅助养育，经历过于单纯，缺少变化。女人按"菜品"可分为完全处女派、非处女未婚派、已婚未育派、有孕待产派、生养经验派、离婚体验派……而男人只有童真和非童真之分。

作品的第二章重点分析男女性别互换的得与失、分手的特征及婚礼上的做作等。指出男女相恋，女人感情投入密度大，分手则相反，立马变得冷酷无情。女人的分手是真实和完整的，男人的分手则是余兴未尽。男人只是装作体面地分手，意志上并不坚定，对过往依恋不舍。女人则在分手时哭喊或吵闹，但一旦调整好情绪，就不再理睬以前的恋人。

有的女性一方面从男宾客手里索取小费，一方面在家里包养男人，对于被包养的男人来说，因她对己一直甘于奉献，是个上帝一般的女性。对于被索取的男人来说，她是不折不扣的"恶女"，说假话，骗钱财，养男人……

女性的美丽难以长久，符合世上万物的发展规律。女人婚后很快腰身变粗，臀部变大，身体曲线崩溃，行为变懒散，时常显露出焦躁与不安,让人看了惋惜与难过。时间是把残酷的杀猪刀,谁都不能与其脱离干系,无论多么美丽的女性,都逃脱不了"被宰杀"的厄运。

　　第三章重点分析男女对环境适应力的差异以及各自生命力的特点。日本的男性长期习惯于"男强女弱"的思维定式,认为女性软弱无能、不堪一击。其实,女人耐寒,耐饥饿,环境适应力强,生命力更比男人强很多。她们站在被男人保护的一边,好像是清楚男人显示强大、保持体面的本性,故而装出害怕或撒娇的样子来挑逗男人。女性本来既不赢弱也不纤细,却依赖男性,把责任和担子向男性推诿。男人本来既不稳重也不坚强,却对被依赖而满足,坚持为她们服务。

　　女性与男性不仅生理结构不同,而且生存能力有异。一般情况下,人的血液总量失去三分之一,就会失去生命。但是女性失去三分之一,还会有奇迹发生。女性对于出血的潜在能量和对于疼痛的忍耐强度,是生理上自然具备的防卫措施,完全不同于男性脆弱和易逝的生理特征。

　　作品第四章着重阐述男女对疼痛的不同反应、对羞耻心的不同表现以及"耐性"的差异、平均寿命的差异等。女人怕疼,只是表现力丰富,含有过分夸张的成分。男人不怕疼,只是强忍着不作声,女性是直率地表达感受,男人是不正直的心是口非。女性情感表达曲折、复杂,尤其是生理感觉的表达,令人惊讶地率真而正直。

　　女人的欲望犹如涨起来的潮水一般,与其说缓慢地汇集在某个地方,莫如说宽阔地汹涌地遍及全身。男人的性欲单纯、明快,近似水在坝内,水量增加到一定程度,就会满溢,不开闸放水,就要决堤。没有女人那样大海般的宽广无垠,也没有滚滚起伏的汹涌波涛,更没有丰饶和富足,只有水位直线性地增长,达到一定极限就要倾泻而出。一刻也不能等待。倾泻后,就复归平静。

女性对肉体的羞耻心比男人强,但精神的羞耻心却很弱。有时脸皮极厚,似乎没有羞耻心。女性的厚脸皮也许是女人制胜的武器。男人心地纯朴而大度,经常顾及别人的感受,会因处处留心而倍感疲倦。女人则显得悠闲和迟钝。无论女人怎样在表面上做害羞的动作,均显露出自以为是与厚颜无耻……

男女的生命力存在着极大的差异:男女的平均寿命相差六岁,男人早逝,女人长寿。生命力的根源体现在细胞、生理结构、思维方式以及身体内部的运行机制上。物质文明的进步,可以使女性从繁重的家务劳动中解放出来。从生活方式到伦理观,都能给女性带来好处。然而,社会经济的快速发展、生存竞争的激烈程度,只会给男人带来精神压力和经济负担,导致男人短寿或早逝。

第五章阐释的是荷尔蒙与长寿的关系、乳房的废用性萎缩、恋爱的效能、女人的武器以及加害者与被害者的立场。作者认为女性荷尔蒙可以预防和治疗动脉硬化,故女性不易得动脉硬化,也鲜有白发和谢顶。而男人缺乏这些东西,容易发生动脉硬化,产生白发和谢顶。女性荷尔蒙犹如圣水一般珍贵,是人长生不老的灵丹妙药,殊可珍惜。

现代女人多有"硕乳",却不出奶水。乳房变成了装饰品。这应当出于防止自身老化和追求时尚的需求。现在好吃的东西太多,形形色色的营养品替代了本真的人乳。导致了乳房的废用性萎缩,产妇的自我保护意识使乳房得以"特别眷顾",丰乳肥臀成为一种"社会时尚"。女性在穿西装或比基尼泳装时,"硕乳"所体现出美学价值,似乎大大掩盖了分泌人乳的使用价值……

女人因恋爱而美丽,并非完全虚假。女性一谈恋爱就变得漂亮而自信,温柔而沉稳,体现出十足的女人味。肌肤红润,目光炯炯有神,魅力倍增。女性日久不见所爱之人,会沉不住气,工作心不在焉,显现出面容憔悴和处事不耐烦。即刻与情人会面,女性从姿容到动作、从心情到态度,都会大大改善。

眼泪是女人惯用的温柔的武器,"拳头"和"怒吼"则是男人偶发的粗暴的武器。自负的男人单纯地认为:女人比自己羸弱,应该予以劝慰和保护;女人的哭,都是伤心和悲哀所致。当听说女人是享受哭时,就倍感失望。而女人的眼泪,好像是生理上不可或缺的东西,且哭相因人而异:妙龄女郎先是抽抽搭搭,继而大放悲声;已婚女子会轻轻地转过脸去或悄悄地用手捂住脸,只露出发际哭;资深的妻子会紧闭着嘴,扑簌扑簌地流泪;年迈的老太太则会咬住嘴唇,搓揉着手中东西,伤心哽泣……

在男女关系方面,"男人是加害者,女人是被害者"似乎是日本人特有的构思,对人们日常生活的观点和认识,有着很大的影响。尤其是中年的男人,他们一旦与女人相爱或做爱,立刻会向女性付钱。此乃加害者意识的自我展现和完全暴露。还有一些事情,令人匪夷所思。比如看了电影《望乡》中沦为娼妓的唐行小姐被男人强奸的场面,男性认为绝对是女人的悲剧,女人的痛苦、悲伤和无助是凄惨的。但是女人却对此不以为然,有的甚至羡慕不已:让那样强壮的男人拥在怀里,真棒啊!……

　　作者保持其一贯的挥洒自如、纵横驰骋的叙述手法,大胆创作本作品,具有大开大合、进退有度、直抒己见、无所顾忌的特征。尤其对两性的神秘和恋爱的效能给予大胆的表露,娓娓道来,妙趣横生,意蕴绵长,美不胜收,勾起读者无限的遐思,令人难以忘怀。

　　本作品于一九七六年由角川书店刊行。本书译自集英社二〇〇九年五月十二日发行的第五次印刷本。

时卫国

2015 年 10 月

目　录

译者前言 / 001

第一章

三种本能 / 003

去看阿兰·德龙 / 005

女人可以塑造吗？ / 009

厨艺降低的日子 / 016

这就是我的骨肉、我的生命 / 018

可怕的故事 / 022

全席的分量 / 025

女士优先 / 029

第二章

关于"歇斯底里" / 035

假如能转生 / 042

喜欢的歌曲 / 046

技艺的魅力 / 050

自作自受 / 053

分手的美学 / 057

婚礼的忧郁 / 060

第三章

雪与巧克力 / 065

保持达观的能力 / 071

适应力 / 074

奇迹的恢复 / 079

第四章

疼痛的实验 / 099

"耐性"的差异 / 108

论羞耻心 / 112

老媪与老翁 / 117

平均寿命 / 122

"老婆比丈夫大五岁说" / 132

第五章

荷尔蒙与长寿 / 139

废用性萎缩 / 143

恋爱这种药 / 148

思想与体形 / 153

女人的武器 / 157

加害者与受害者 / 170

第一章

三种本能

前几天,看一本书中介绍人的第一本能有食欲和性欲。

这里所说的第一本能,是指人的欲望中最为强烈的、源于生理需求的基本欲望。

次于第一本能的第二本能有父爱、友情等。

与食欲、性欲相比较,父爱、友情低一个等级,是非生理的、带有情智的、相对较弱的欲求。

说起来,女性的第一本能比男性多一种,这就是唯有女性才能拥有的东西——母爱。

也许有人会说"我更多",但是不行。这些基本欲望,是学者将各色人等置于极限状况之下,除掉种种弱小欲望,最后将剩余的欲望归纳起来确定的。不同于现在的人,是在食欲和性欲均得到满足的状况下所做的思考。

因此,母爱的情形,同食欲或性欲一样,是生理性的、强烈渴求的欲望。仔细思考一下,是一件使人极其震惊的事情。

为什么这么说呢？因为按这种理论扩展下去，女人爱孩子犹如我们空腹饥饿时寻找食物一般，犹如男人渴望女人时穷追猛求一般，成为并非值得特别一提的、平凡的本能。

如此说来，以前在报纸上看到的"值得赞扬的母亲"的报道，则变得完全没有意义。

报道详述了一个母亲在战后的苦难时代，独自坚持培育孩子的故事，我们曾为之叹服。但是，假如母爱是第一本能，是天性，就不需要那么佩服。

如果这样的事情都能成为美谈，那么，饿着肚子在原始森林徘徊十天的人和为追随女人而越狱的囚犯，也应受到表彰。

究竟是否像那位学者所说，母爱是第一本能呢？这方面不属于我研究的专业，也没有深解。但是，看到母爱这样被归类，总以为是母爱观念相当强烈的人自然形成的一种愿望。

当一个有孩子的女人深爱一个男人，而那个男人讨厌孩子时，她同时作为母亲和女友，是要孩子还是要男人，两种欲望又同属第一本能，就很难选择。近年来，认为性欲是第一本能、母爱是第二本能的人居多。这种排列说法，也许有价值重新研讨一下。

去看阿兰·德龙

前些天,有机会和某个女性讨论阿兰·德龙主演的电影《个人生活》。我想,这部电影应有很多人看过,先简要介绍一下故事梗概。德龙所扮演的能干的少壮政治家,成为联合政府的大臣,整日忙忙碌碌,被工作所追赶。其情人与之约会,总处于一种被迫等待与忍耐的状态。一天,情人忍无可忍了,气急败坏地打电话说:今晚十二点以前,你要是不来,我就死!然而,其当晚在爱丽舍宫会见记者,脱不得身,待十二点之后到达公寓时,情人已经服安眠药死了。

情人的死,与患神经官能症而住院的妻子,以及在政界有隐性影响力的年长的女人,都紧密相关。剧情的要点,就是揭示公务繁忙的男人和不能体谅的女人之间的感情纠葛。

说实话,我看完这部电影,先是有些气馁,继而舒了一口气。气馁的是为说"今晚十二点以前不来,我就死"而自杀身亡的女性,尽管其心情可以理解,但过于歇斯底里和漠视生命,就难以引起观众共鸣。作为男性的我看来,犯不着为这样的事情葬送性命。影片对女人固执任性的表达,有点过于强化,传递不出痴心女人的痛苦和悲哀。

如果说影片有让人谅解和宽容的地方,则是这种题材的创作难度,个人的体会依然是描述现代的恋爱是艰难的。因为现代男女之间的言行没有禁忌,无论说什么、干什么,都能获得原谅,故而男女之间没有神秘感和危机感。创作者很难描写浪漫的爱。这部电影也明显地表现出这一点。

我觉得像江户时期和战前那样对爱限制极多的年代,富于紧张感的剧情比较容易描写。

不过,这是写小说、编剧本方面的事情,和各位读者无关。

比较有趣的是看过电影的女性,其观后感和我的截然不同。

我说那个情人的自杀,有点过于夸张、没有真实感而难以唤起观众共鸣。她却很陶醉地说:"很棒啊,阿兰·德龙演得好哇。"还添油加醋地说,"男人体会不到女人等待的心情啊。"给人的感觉是,不论电影演得怎么样,只要能看到阿兰·德龙就满意。

对此,我有些惊讶,不由得叹息:依然是妇女儿童难以拯救呀!

第二天晚上,稿子写不下去,我看玛丽莲·梦露主演的影片《七年之痒》。看到少妇在地铁的通风口处,怡然自得地捂住飞起的宛如花朵盛开的裙子的场景,就想向那个陶醉于阿兰·德龙的女性道歉:"或许我不应该对那个自杀的情人过分指责!"

*

上次,看一本带点知识分子气息并畅销的周刊杂志,瞥见"妇女的玩物"这样一个词。于是,我根据文章的前后关系推断,好像是剑指电视上剧情过于天真的家庭剧。

确实,现在的家庭剧中,净是出现一些出奇善良的人群,没有真实感。或者说,讨妇女喜欢的东西和低级的东西比较多。

既然有"妇女的玩物"这个词,想必也会有"男性的玩物"之说,再看电视栏目,发现这样的词句,出乎预料地多。

比方说,最近上映的战争片《光荣的击落王》和《荒鹫之翼》,从"足球队PM"到"轮岛①的拳击",从《夜间的女相扑》到夏季巨人球团的夜场,最后再到国会选举的开票速报等,站在女性的角度看,这些好像都是"男性的玩物"。

我们男人认为爱看家庭剧或歌唱节目的女性比较低级,同样,她们则认为爱看战争片或黄色影片的男性比较低级。

不知是幸还是不幸,这个世界由男人掌握着主导权,尤其在文化方面,往往以男人的感受为中心,来决定良莠与善恶。男人们好像可以随意地自以为是,自我感觉良好就行。且慢!女人们对此并不默许,会用疑惑的,乃至截然不同的观点看待和分析事物。

比如说,男人为什么会盯着开票速报那样的东西看呢?站在女性的立场上,好像完全弄不明白。

"女人不能对政治漠不关心,应该再稍微关注和用心点!"如谁说了这样略带责备的话,就会遭到众女人反驳:"看那样的东西,鱼和菜的价钱会降低吗?你的工资会提高吗?"使人无言以对。如果女人作答为"不是不关心,只是天太晚了,明天可以看报纸嘛",既显得比较

---

① 日本拳击手轮岛功一。

温顺，又满足了女人与其陪着别人当选和落选，不如睡觉合算的心态。其实，这只是实现了男人争强好胜的愿望。

总之，男人任意地议论国家大事，对家务之事只说不做，忽视家庭的收支状况。对于每天都为家务事而烦恼的女性们来说，对开票速报或政治座谈会等，从开始就觉得无聊而不愿参与其中。

女人措辞相对文雅，不敢说那是"男人的玩物"。但会在心里疑虑或嘲笑：竟然觉得那样的东西有意思！

女人可以塑造吗？

"女人本来不这样，是塑造出来的。"这大概是萨特的情人波伏瓦女士说的，我觉得评论家樋口惠子以前也说过同样的话。

这句话的大概意思是：女性自幼要接受约束、强制和修正，长大后才能成为真正的女人，并不断地被周围人评价"像个女人"，如果置之不顾，长大后会和男人一样豁达、耿直和粗放。

究竟是不是这样呢？我对此稍微持有异议。比方说女孩子的性别认知，好像两三岁就能自我定位，知道用漂亮的衣服打扮自己。她们来到玩具店，一定会贪恋玩偶或布制玩具，对汽车、手枪这类东西完全不感兴趣，认为这些东西煞风景。其性情比较温和，相对男孩成熟也早。

这个时期，谁也不会说她们像不像女孩儿！实际上，从这时起，女性倾向就已经很明显了。

我想质问波伏瓦女士，这一点该如何解释？男女不同的爱好和感受性差异，会随着青春期的到来而进一步增强。成人后，会成为定位相反并互不相容的东西。

比较一下二十七八岁的男女,男人首先考虑的是工作,女人则把结婚列为重中之重;男人爱看男性周刊杂志,女人爱看女性周刊杂志;男人喜欢战争片,女人喜欢爱情片;男人迷恋玛丽莲·梦露,女人对阿兰·德龙心荡神驰。总之,男女有别在所有方面的表现都非常明显。好像近年也出现了一些性征特殊的中性人,但为数极少。

这些差异,能否仅凭"你是个女人,就要像个女人!"这样的教育信条就会形成呢?答案是否定的。不错,动物好像有种习性,只要反复地命令它做同一件事,它就能记住。但一般认为当今的年轻女性,不会那样乖乖地被训导和强求做女人。

从根本上说,男女的体能、性格、爱好等种种差异,均源于男女的生理差异。但如是之说,会被那位妇女解放运动的理论家凯伊特女士批评:"男人和女人没有任何不同,就是'那儿'的构造有点不一样。"

可是,那个"那儿"是个很厉害的地方。用土地来比喻,是个相当于银座的黄金地段。不同于脊背和大腿,"那儿"很小,但价值截然不同,而且体内还有卵巢或睾丸,分女性荷尔蒙主导型和男性荷尔蒙主导型。人体看不到的多个部位,都有着迥然不同的结构。男女之间的差异,如果简单地断定为长没长那玩意儿,就让人有点儿困惑。

*

老实说,我认为男人和女人截然不同,从外表到生理就不用说了,从趣味、爱好到感受性都有着天壤之别。这是超越个人性格和成长方式而仍然难以弥补的重大差异。

把男女两者归于人这一大类,是生物学者的怠慢。我认为起码应该分成男人类、女人类这两大类。我对生物学是外行,不知内中奥妙。但对其过于拘泥于外在形态或发生学的分类,有点儿不满。我认为应该脱离这种基础方法,从性格倾向或行动模式上,重新进行分类。

我之所以这样想,源于过去进行动物实验的经验。归于雌性的母狗、母家鼠或母兔的行为,与人类的女性行为相近。同样,公狗、公兔等的行为与人类的男性很相似。

这当然不是说面相或姿容。无论谁看,这些动物的外形与人的外形大相径庭。但是所做的事,也就是说行动模式,却很相似。

比如,我做实验,给兔子腿上包扎石膏绷带。先缠公兔,公兔的腿一被缠上,它会立刻发怒,摇晃着脑袋撕咬绷带,不停地拼命挣扎,想要摆脱束缚。缠有绷带期间,喂食也不吃,只是一味地一点一点啃咬。再缠母兔,反应就大不相同了。开始时,它也是撕咬绷带,反抗一小时无果,就放松地顺受了,开始吃食,吃完后一动不动地俯卧着,不消耗多余的体力。

最后的结果是,公兔因不吃食而衰弱死去,我觉得公兔愚蠢的行为与母兔独特的厚脸皮行为,与人很相像。

前几天,跟五代利子女士说起这件事,她也颇有同感,并说自己家里养着的母猫妊娠、生产后,突然变得很沉着,那种目中无人的态度也很像女人。

于是,我越发得意,说起小家鼠一到发情期,公的就会追母的,那种现象也像人。观察一下,肯定是公的追赶、母的逃跑。过一会儿,公的累了,觉得追赶没趣,便停下休息。母的见此却把屁股凑上来,做出挑逗的动作让公的继续追它。一说这样的事,文雅的五代女士便显露出有些不悦的神态。

我现在认真地认为,在自然界,男人和公狗、公兔这种雄性系列的行为极为相同。当然,女人与母狗、母家鼠那种雌性系列的行为相近,也是毋庸赘言的。

所以,与恋人说不通情理的人要放达观,也许与同性的人交谈一下,就会心绪安定。

*

前面说过男人和女人截然不同,不仅外表与生理,从趣味爱好到感受性,一切都不同。于是,很快就有朋友特意把女性所写的几篇文章从报刊上剪下来寄给我,并说:"不完全是那回事儿。女性中也有和男人持相同意见的人。"

这些文章或批评女人的气量狭小,或贬斥一些时髦性作品,坚信"选择工作重于结婚""女人应该更加自立地生活"等观点。

我作为男人,与之颇有同感,唯一顾虑的是,这些文章的作者都是评论家或文化人,在女性当中属于特别聪明、被称之为上等人的人。究竟这些人的意见,能否代表部分普通女性的心态,而为女性代言呢?思考一下,就觉得有点儿怀疑。

当然,在这里登场的人,是富有才智的人,想法与普通人有些距离是自然的。即使是男人,也因受教育程度不同,趣味和爱好各有不同。但我认为在生活方式或人生目的这一点上,男性知识分子和大众没有太大差别。

而对于这一点,女性文化人和普通女性的观点和感受,有很大的不同,包括对结婚或对爱的想法以及对工作的态度。

打比方说,"为了女人的自立,与其结婚,不如来去自由、相互不受制约的同居令人满意"的观点,大部分普通女性会信服而会顺从地落实到行动上吗?

碰到这种意气高昂的文章,我就会胡乱猜疑:发言的本人究竟是不是真心呢?是不是为了体面,昧心说这些话呢?也许是我有偏见,总觉得这种意见,听起来有道理,但不易被普通女性所接受。

因此,所谓的女性文化人,其实是女性中极少的一部分人,她们不能代表普通女性,用极其男性化的构思来做代言人。

在日本,男女平等在生活和法律方面,得到大力提倡。但有关文化方面,绝对是男性支配。社会上有这样一种倾向:男人认为好、认为出色的东西,就被公认为好;对此不懂的女性,会被贬斥为低级。

这不禁使人对曾经的过往产生疑虑:人们如今对这种倾向无可奈何,不正是专心致志地追随男性文化、并要融入其中的所谓女性文化人而加剧了这种歧视吗?假如是这样,女性文化人才是最蔑视女性的人,才是女性的敌人。女性文化人中,独有一人勇敢而直率地代表普通女性发声,就是正在呐喊"到了四十岁也想结婚"的上坂冬子女士。她的说法或许有些过于直接,或许让自己觉得难为情。

这次又说女性评论家的坏话,过后定会受到斥责,觉得很可怕,就说这么多……

我之所以不喜欢女性评论家的理由，是她们总把自己的同性看得低级而无聊。

比如，我如果说"女性的思考或活动，不是用大脑而是用生理"，她们就会异口同声地驳斥："没有那回事儿。女性中的正常人，不是用生理，而是用大脑冷静地考虑一切。"这话听起来，是在辩驳：用生理考虑问题不好。

我说的只是女性的一般倾向，并不是说女性用生理思考或活动就不好，或者低级。同时也对此有着不解的纳闷：她们为何会因此柳眉倒竖呢？

为何不能自鸣得意地应答："是啊，我们不像你们只用大脑，一根筋，也能够用生理思考和活动。"或者说"我们能用两种方式思考，还是我们优越啊"。

仔细思考一下，这不就是女性文化人认定的"靠生理活动低级、靠大脑活动高级"的证据吗？换句话说，这不就是社会公认的"男性思维高级、女性思维低级"的结论吗？

如前所述，人世间的文化主流是男性法西斯主义，男性的一切思维均被视为高超，这才是偏见。有很多情况是，即使这些人受到大众歧视，被说成"女人、孩子"，其见解也是正当得多、脚踏实地得多。

比如，男人轻蔑地说"女人适合单纯作业"，女人并不反感"不是，我们也会做复杂的工作啊"。她们也不会这样还嘴："可是你们不善于单纯作业，太可怜啦。那样无论做什么事儿都半途而废，最后都输给女人。"

如果有男人说"女人不擅长政治、经济",女人可能不会同意且疑惑"你们为什么喜欢那样煞风景的东西呢？受那样的东西摆布,就不能产生个人梦想啊"。

表示男人大脑聪明、冷静、明晰等特征的语言背后,伴随着因此而无法切割的缺点。只要把男人拽到其比较弱的相扑场地上去,男人就会无言辩解,然而,女性评论家为何想在男人的相扑场地上摔跤,表现出自己与男人相近的构思呢？真是令人遗憾。

厨艺降低的日子

我经常去新宿一家叫 F 的店,那是柜台式的酒馆,除了做简单的小吃以外,还做炒饭、炒面等食品。有个叫阿秋的女性很会做菜。但是她做的和别的女性做的不一样。哪儿不一样,怎么不一样呢?实际是做法一样,味道不同,别具一格。

不只是我这样认为,其他的客人也说:"噢,今天是阿秋做的,好吃啊。"也有的人为此受到其他炊妇厌恶。应当说,阿秋是烹饪的天才。

最近的一个深夜,我像往常那样串了几家酒馆后,顺道去了那里。一边喝兑水威士忌,一边无意地和阿秋交谈。

她才二十岁,个头很矮,就是言过其实,也不能说是美女,但开朗、活泼的性格招人喜爱。传说有几个客人和她谈恋爱,仅从表面上看,她并无轻浮的感觉。

和阿秋谈起烹饪,说了句惹其他人讨厌的话:"你真会做菜啊。这个店的非凡之处,就是你的厨艺和洗手间里的插花。"阿秋说:"可是,先生不知道,我做的菜一个月总有一次奇怪的味道。"

我没意识到这是什么意思,就说:"什么呀,还一个月一次,别瞎说!"她坦诚地说:"真的,来那个的时候,我就变得味觉迟钝。"

我目瞪口呆地注视着阿秋,她却严肃认真地说:"女人真是奇怪,身体不正常,连味觉都有毛病,做菜不知道该放多少糖和盐。"

"刚才吃的那炒面有问题吗?"我这么一问,她讪讪一笑,道:"没问题。今天正常,只是喝得有点醉,弄不明白了。"

听了这样的话,我开始思虑:以后到别人家接受款待时,应该先问明太太的身体状况,尔后再拜访。女人的身体就是那样微妙,对所有的事情都能产生影响吗?这些微妙的东西,作为男性的我们,怎么也无法体验。

阿秋最后说:"无论是烹饪、花道,还是茶道,女性都擅长,最后成不了一流,是因为有例假而致身体变差。"此话真实、贴切,容易理解。的确,在这一点上,人们应该同情和谅解女性。说实话,我喝醉了酒,体验不出她厨艺下降的日子。

这就是我的骨肉、我的生命

一个叫岩下志麻的女演员,让人感觉有点怪怪的。上次我与她共同就餐,她在我面前掰弯了汤匙,且边掰边说:"女人嘛,不可思议啊。怀了孕,肚里的孩子渐渐长大,不久就感觉到在动。当时,正好和杉村春子女士合作演出,略一紧张,孩子就动,没辙了。"她边说边从美丽的唇齿间露出灿烂的微笑,"感觉到右下腹部有突出来的包,大概是婴儿的腿吧。于是,轻轻地拍拍那个部位,就缩回去了,不一会儿,又突鼓起来,很奇怪。"

她脑子聪明,不像其他名演员那样摆架子或逞强,说话真诚实在。凭着那既非笑也非思索的冷峻面庞,泰然自若地与人相处。

她精心弯曲汤匙,用娇嫩的手指捏住汤匙的"脖颈"和"腹部",慢慢加力。其聚精会神、泛着红润的面孔极其娇艳。忽然,手腕一闪,哎呀,汤匙两端被掰成了直角。

哎呀,这个人弯汤匙和本文主题故事没有直接关系,她在做完掰弯的事情后,又聊活在肚子里的婴儿的事,显得非常愉快而有趣。

"啊,这儿就是婴儿的腿啊!"像她这样高贵的美女,深夜一个人一边抚摸着大起来的肚子,一边用手触摸面庞的身影,实在是美丽而妖娆。

对于孕育生命,女人会有着多么美好的体验呢?起初知道自己肚子里已怀胎,并感觉越来越大,感觉到胎儿头动或踢腿。自己白皙的腹部局部隆起,突出来的地方或许就是孩子的脚尖。这种体验该是多么肉感而现实呢?

怀孕初期,孕妇会呕吐,到了五个月,孩子就开始动起来。随着孩子越来越大,孕妇食欲大增,腹部如釜如萁,最后需挺起胸脯才能走路。作为一种普遍的生理现象,体验胎儿发育、成长以及分娩的全过程。这是一种不分美丑、不分善恶、作为女人共同拥有的、包括母爱在内的特殊感受。

相比之下,男性的体验是多么贫乏呢?在养育孩子上,最多是妻子临产,在产房外静候佳音的准爸爸感受强烈一些。以往不过是有些挂记:最近妻子的肚子大起来啦!然后是模糊的期待和不安:再过几个月,我就当父亲啦!

因为男人玩弄不切实际的理论,观念性的也终归没有生理的确凿,因此怎么也赢不过生根于大地一般的女人。

*

很早以前,在某百货商场举办的照片展上,看到一张照片:母亲蹲在床边,用床单裹着脸,仔细地端详着刚出生的婴儿。

据说这张照片的摄影师是个美国人,名字忘记了,这张照片的题目是《这就是我的骨肉、我的生命》。

名副其实,这张照片完全表现了母子之间难以割舍的纽带关系,是杰作。

照片中,母亲和正在睡觉的婴儿一样,用床单裹着脸,坐在床边,全神贯注地凝视着酣睡中的婴儿。那优雅而满足的表情中,洋溢着成为母亲的喜悦和诞下新生命的自信,眼睛像太阳一般明亮,充满爱意。

男人在这个时候,会不会露出这样充满喜悦和自信的表情呢?"这就是我的骨肉、我的生命!"——这世上有男人能这样断言吗?

如实说,我看着这张照片,对拥有这种美好表情的年轻女人产生了嫉妒。女人的一生,有着多么美妙、多么神奇的自身体验呢?一个人忍耐十个月后,就会产出新的生命,体会到这是自己的血肉形成的东西,是自己生命的延续,将相伴自己的终生。无论别人说什么,都能堂堂正正地宣布:这是我的骨肉!

如同前面所说男人待妻临产的感受一样。当孩子诞下,别人说"这就是你的孩子"时,男人才会稍有触动地反问"啊!是吗?",离这是自己骨肉的至亲感相距甚远。此时他会想:这么说,是我的孩子,鼻梁有点高,可能像我吧。

岂止如此,有男人见婴儿皮肤很红,长着胎毛,让人心里不舒畅,甚至会怀疑:这真的是我的孩子吗?总之,女人从妊娠到分娩的十个月期间,男人们既不疼,也不痒,更谈不上孕吐和磨难,所以,也就不会有亲骨肉降生的震撼。

岩下志麻女士说:"我以为自己是比较果断的男性性格,但不管何种性格,母爱都表现得踏实且充沛。"这完全是因为有过妊娠、分娩这种活生生的体验。

与此相反,可怜的男人们没有体验,只是按照别人所说,来认定带着号牌的婴儿是自己的孩子。接下来只知道拼命地挣钱。

男人之中,没有人能够堂堂正正地说:这是我的骨肉、我的生命!那种自信的阙如和体验的可怜,导致他只专心追求女人。这么说,可能有点过于照顾男人了……

可怕的故事

自说上了年纪,其实是个仅三十五岁的女性,我从她那里听到了两个可怕的故事。

第一个可怕的故事是这样的。

据说在她过去认识的同性朋友当中,有个叫 K 子的已婚女子,是住在镰仓的良家太太,美丽、贞淑,也是已婚妻子的一面镜子。

K 子在家里把夫婿伺候得很好,夫婿是进口商品经营公司的总经理,据说他俩是一对至为和睦的理想夫妻。

然而,风云突变,七年前的一天,夫婿突然患狭心症去世了。从那以后,她独守空房,精心呵护和养育独生女儿,基本上不外出与人交往,过着谨小慎微以避人耳目的遗孀生活。

可是,这位只有四十五岁、相貌依然很美丽的太太,不幸得了癌症,在半年前去世了。死得有点太早。

如果是淀川长治先生[①]在现场,一定会把"可怜啊,令人心酸啊"

[①] 已故的日本著名电视播音员,以不断地重复台词而著称。

的话重复三遍。

故事至此,并无可怕可言,令人不解的是K子的临终遗言。

这个贞淑的遗孀在咽气之前,把孩子悄悄地叫到跟前,喃喃地说了一句话:

"我死了,别把我和你父亲葬在同一个墓里!"

除此之外没有叮咛,这句话成为唯一的遗嘱。

可怕啊!真弄不懂女人啊!K子表面上很稳重,很老实,全心全意地为丈夫效劳,心里到底想的是什么呢?结婚二十年,生儿育女,每天在丈夫的令牌前合掌,祈祷和求索的到底是什么呢?女人的贞淑是什么呢?怎样才能读懂女人的真心呢?真是可怕啊,弄不懂啊。

什么?这个故事一点也不可怕?如果这么说的话,那你就相当大度和幸福。

*

第二个可怕的故事,是发生在三十五岁女性身上的故事。

这个故事与前述故事内容不同。这个故事具有的是女人水性杨花且不合逻辑的可怕。

她曾经爱过一个年长的、有家庭的男性,她是那个人的情人。

那个男人很有经济实力,好像也很认真地爱她。但他不想和太太离婚。当然,她是知道那个男性有家庭,才和他交往的,也不想为此去费周折。她好像态度很明确:不管他有没有家庭,只要诚挚地爱自己就行。

为此,她在东京都内的中野租了个公寓,他经常来,一直保持性关系。

突然有一天,他俩分手了。她这样诉说分手过程:

"要问分手理由,既无助又无聊。他一般星期六到公寓来找我,第二天过午后,回到太太那里去,我也习惯了这样的生活。在那个星期六的晚上,我和他一起在公寓附近的商业街上散步。走着走着,他突然想起了什么,径直跑进药店,买了一筒牙膏。那是电视上美女演员一家人合力推介的牙膏。不知什么缘故,在看到他买牙膏的那一瞬间,我突然觉醒了,仿佛看到了他可憎的伪善面目,产生了一种极其厌烦的情绪,不仅限于讨厌他买那种牙膏。相爱的恋人竟为这样的小事而分手,没有什么特别具体的理由,好似很荒唐。但是真的讨厌了,没办法。"

我听完这个故事,觉得有点不寒而栗,同时认可这个故事的真实性。

维持了两年多的情人关系,就因为买了一筒牙膏,就破裂了,实在有点匪夷所思。也许,这正是女人之心深不可测的微妙之处。看起来,情侣之间无论怎样相爱,都不能暴露某一个弱点。

奉劝有家庭而正与女性交往的诸位男性,千万不要当着她的面买牙膏!

全席的分量

前些时候，吃到了久违的西餐全席，突然产生了一种人生的联想，觉得女人的一生，也如一种与之相似的全席。从失去处女身、结婚、妊娠、分娩，到抚养子女长大成人，是否将离婚加进去暂且不说，到人生的这个时段，就应该称作全席。

一般来说，完成这种全席的女性，比尚未完成的女性稳重、老成而有自信。

于是，我想起了自己在医院工作时的护士长。这位护士长很能干，脑子也很聪明，是个很优秀的人，至今仍单身。是否是处女身暂且不谈，表面上看很沉稳，不说一句轻浮的话。

在其领导下的护士中，有个叫K子的计时工，她已经结婚，有两个孩子。对护士长有点心口不一，表面上服从领导，听从分配，实际上内心有种蔑视和不服气的感觉。

不是说在工作方面轻视护士长，而是作为一个人，没有从根本上看得起自己的上司。

令人奇怪的是，护士长好像在这个护士面前有些自卑，下命令时，总是采取十分谦逊的态度，看对方的脸色。至少和对待其他单身的护士不同，可能自认比对方逊色。

到底是怎么回事儿呢？我个人认为：这是完成全席的女人和没有完成全席的女人对垒的结果。

比方说，单身的护士长对有孩子的护士说："要是令婿夜间来探望你，注意不要长时间待在病房里。"这么说，既没有感染力，又会遭到反感："净说些规则的东西，连夫妻的奥秘都不懂……"

若是对恋爱中的年轻护士们发出"宿舍生活警告"，熟知内情的护士也会在背后嘲笑她："没和男人热恋过，才那样说！"

护士长比普通的护士地位高，不应在乎婚否这些事，只要堂堂正正地发布提醒就行。可能是因为没有完成全席的缘故，使其产生自卑，说话有点软弱。

假如这是结过婚、有孩子，甚至有孙子的护士长，会对年轻的护士们进行严肃认真甚至自以为是的说教。工作经验方面自不用说，作为女人阅历也比你丰富得多！好像这种自信，会令她说出这样的话来。

*

假如女人的全席是失去处女身、结婚、妊娠、分娩和养育孩子，那么，男人与之相当的全席是什么呢？综合多方面，考虑了一下，男人好像没有相当的东西。

男人最多是结婚、当父亲这"两道菜"，如果仅此而已，那就过于单纯，缺少变化，难称全席。

从根本上说，男人婚后当上父亲，当别人说"这是你的孩子"时，才会想"啊，我也当上父亲啦"。这种真实感和认同感不是肉体性的，而是精神性的。

与此相比，妊娠、分娩、育儿等等，则是女人路过的、用人身生理体悟的真实感和认同感。对于女人，是处女与否，生活感悟和观点就有天壤之别。婚否又截然不同。生过孩子与否或离过婚否，见解或观点又有很大不同。

不！不仅是观点，机体生理变化也相差极大。

身处不同的发展阶段，女人的思想或价值判断各不相同。因此，可以对身处各个阶段的女性进行归类，归结为完全处女派、非处女未婚派、已婚未育派、有孕待产派（以上可统归为"未赐母爱派"）、生养经验派以及离婚体验派等。此乃根据不同体验而分类的方法。

如果女性们说话很投机，往往是觉得体验相同或相近，这比出生年代或生活层次更为重要。

就高中同学聚谈会而言，女性们肯定会不自觉地按结婚派、单身派或离婚派分伙交谈。结过婚的女性甚至会区别有无孩子，再行细分。

男人没有全席，也不会按生活体验分类，只是在童真与非童真之间划分差异，不细分婚否、有无孩子。男人往往看重有无经济能力，是大公司的优秀职员，还是中等企业的普通职员。按社会地位和性格脾气等分帮分伙。

不说男女哪一种分类法好。总体来看,完成全席的女人,让人觉得有点高傲自大。男人中的单身者,常显露出自我感觉良好的表情。这是令人感到不可思议而可笑之处。

女士优先

在外国,我感觉最麻烦的事,既非付小费,也非靠右侧通行,而是女士优先这种习俗。

从上下电梯到公共场所就座,万事必须让女士优先。而且离座时,男人要给她披上外套。仿佛西欧的男人,是一帮受雇的用人。

我出生于东洋的岛国,不太了解这种女士优先的风俗始于何时何地,从多种角度思考,好像源于骑士道。

大家知道,十二世纪欧洲的贵族们,在被灌输对君主忠诚和勇敢的同时,还被要求时时处处照顾女性,这种风范作为一种骑士道,受到社会赞扬。

这种骑士思想传到十四世纪,随着庄园制度的崩溃,逐渐销声匿迹,好像只有照顾妇女儿童的传统习俗被保留了下来。

换句话说,这种习俗,是骑士道的残余,也是一种很好的德行,不仅是贵族,一般工薪人员或市民都接受了这种熏陶。

当时的骑士,净是些文韬武略的人。如果有战争,就策马奔赴疆场。无战事则作为领主,生活在农村广袤的土地上,过着优雅而富足的日子。

有的在宫廷或自己的围城里,接连举行宴会、游艺会和狩猎等,并对美貌的女性大献殷勤或投寄情书。与我国的平安朝贵族没有太大差别,是一群无端消耗金钱和时间的种族。

整日忙碌的国王和伺立其旁的武士,想仿效这群人流行起来的习惯,也不是件容易的事。

探究妇女优先的习俗,是谁先做起来的呢?我认为过去的平民,压根不会理睬这样非常麻烦的习惯。唯有装模作样、讲求体面的男人,在追求中意的女人时,才会模仿骑士。这应是开端。

从那以后,这种习俗在平民之间蔓延、传播,没有贵族情结的美国人特别喜欢模仿,以致女士优先逐步形成为社会规范。

话虽如此,无名的平民只是崇尚和追求贵族精神,并没有这种思想境界。这种规范徒有形式而没有实际内容。美国的男人,尽管给女士开车门,让座位,却没有从思想深处尊重女人,甚至会错误地认为"女性比我们脆弱而没有耐力",从而感到心情舒畅。那种自负和无知,是相当严重的。

比起美国的女士优先制度,日本的男尊女卑要正式得多。

这样说事,并不是炫耀,也不是要为日本的男人辩护。日本的男人总认为自己比女人强而觉得了不起,事实上也是这样行动的,比起徒有其表的美国男性来,他们显得正直而率真。

男人为何会产生这种错觉,认为自己强而优越呢?实际上,男人的强是徒有其表,或说是外强中干。然而这种错觉根深蒂固。我曾说过几次,在此不再赘述。

很早以前的一天,象棋九段棋手升田在电视上说:"女人不行。女人没有发明东西的创造力。"

事实的确如此(当然有例外,从一般角度说),这不仅是"毕生追求新手段"的九段棋手升田的见解,也是男人对女人有优越感长期存在的理由。"做学问不用说,无论是烹饪还是茶道,真正具有一流水平的都是男人!"——出现这种骄傲的说辞,大概也是因为这种理由。

可是,这世界并非仅靠创造力或思考力就能成立。不可否认,这是推进时代发展的重要力量,时常发挥引导和推动作用。但是仅凭这一点,不会使人类社会大步前进。

就像建筑物有基石一样,人类社会进步也需要基础力量的奠定和支持。

男性往往在炫耀自己的创造力之后,还发表轻蔑性言论:"女人们从不把那种单纯的工作当回事儿!"

所谓单纯的工作,是指技术含量不高的轻体力劳动,比如往传送带上的制成品贴标签、整理记账单以及编织东西等。也许家务劳动也应该算在内。

喜不喜欢这些单纯的工作另当别论。做起这些工作来,女性既比男性有耐心,又比男性有毅力。男人干两三个小时,就会罢工或休息,女人却干起来不停手。

能够不知厌倦地做这种单纯的工作,应当认定是女性的一种才能,男人确实不具备这样的能力。

无论有多么卓越的创造力,要使它变为现实,仍然需要毅力;无论有多么美妙的创意,要使梦想成真,必须具有稳健的耐力。

断言"女性不行"的九段棋手升田,从电视画面上离开,在太太的陪同下颤巍巍地走去,暗示和象征性地表达出男女相互依存、不可或缺的社会关系。

第二章

关于"歇斯底里"

下面浅谈一下歇斯底里。

这并不是因为现在的我被歇斯底里所困扰。这样说,听起来好像在辩解,实际不是。闲言少叙,马上进入正题。

"歇斯底里"这个奇妙的词,来源于希腊语的"歇斯底拉"。"歇斯底拉"的本来意思是"子宫"。所以,"她是歇斯底里"和"她是子宫"同义。

由此可以得知,歇斯底里的历史相当长。古希腊的男人们,也为此受过相当的困扰。人们在仔细观察女人歇斯底里的过程中,隐隐感觉:这不是女人体内的子宫在闹事吗?现在想来,也可能是个很好的着眼点。

说实话,我遇到过几个歇斯底里发作的女性,她们怨气冲天、迁怒于人世且胡喊乱叫,或许是子宫本身在闹事,与自我感觉相吻合。给她们讲道理或说情缘,无论怎么劝解都无法平息。

这种歇斯底里的发作，和台风或动劳①罢工一样，肆虐横行。人们只能稳定情绪，等待暴风雨经过。除此以外，别无他法。

歇斯底里并不是仅限于女性，成年男人或小男孩也会有。

关于歇斯底里的统计，数据不是太多（实际发生歇斯底里的人数，不会向厚生省全部报告，因而数据欠准），发病的男女比例大致是一比七到八，女性绝对多。

原则上说，这是诊断为歇斯底里需住院治疗患者的数字，不同于我们常说的"那个人是歇斯底里"这种轻微程度的病症，这些人有成为真性歇斯底里的可能，根据发作时间和场合，或许真的需要住院，所以对此不可轻视。

在过去的军队里，由于受拘禁或对战争的恐怖，好像出现过很多歇斯底里患者。脾气暴躁的孩子也比较容易引起歇斯底里，即使是男人也不能放心。特别是像现代这样精神压力过大的时代，歇斯底里患者会越来越多。

这种男性歇斯底里发作的典型形象，是一个壮汉独自在街头拿着麦克风，声嘶力竭地高呼维权或战斗。他们没有子宫，却饶有趣味地发作歇斯底里。

*

我说过，如见到有人发生歇斯底里时，应该保持镇定，老老实实地等着暴风雨经过。说实在话，这不能说是最好的对付和治疗办法。

所谓的歇斯底里，不是人的身上哪个部位有明确的毛病，而是精

---

① 日本国有铁道动力车劳动组合的简称。

神性的急躁情绪或欲望尚未得到满足而引起的一种狂妄,所以不能袖手旁观。

要根据歇斯底里的表现特征,恰如其分地表示惊讶并给予适当护理,否则,患者很难逐渐痊愈。

这种情况,就如同把撒娇的孩子搁置到一边,他不但不会罢休,反而会更进一步地大喊大叫。需要经常逗弄或哄骗,说"好好!"或"对不起!对不起!"让他高兴,这是很重要的。

我在医学院学习时,对歇斯底里和癫痫发作的辨别方法有如下记述。

首先,癫痫是不管身处何地,会突然倒下来,人经常会受伤;歇斯底里则是选择柔软的地方,慢慢地倒下来,绝不会倒在石头上。其次,癫痫是完全不省人事,瞳孔张大,刺激没有反应,时间持续几分钟后,意识恢复;歇斯底里则不会不省人事,而是一边痉挛,一边啼哭或傻笑。有瞳孔反应,发作持续时间三十分钟,有时会持续一个小时以上。

总之,歇斯底里像癫痫一样发作,有时候倒在地上痛苦地扭动身子。这一般是见有人围观,有意识而为。这对发作者而言,是在进行一种诉说,或是一种表演。

这种时候,知情者要是装作不知或不理不睬,发作者就会更加痛苦地扭曲着脸,双手挠胸,濒死般地大喊大叫,满地打滚。

我刚当上医生时,曾在一个乡下的医院,遇到过这种歇斯底里患者并为其诊疗。

那是个三十二三岁的女性,已婚,个子很矮,是个所谓的身材苗条的漂亮女人。那个女性露着红色的衬裙,表情很痛苦。我感到吃惊,急忙听诊、检查,结果心跳、血压正常,只好打了强心剂,计划送往医院再做进一步诊疗。

主任护士却在我耳边低声细语:"大夫,那个人来过很多次了,总是那样,放任她就行!"

而在这时,女人再次忾斜起眼梢,脸上露出苦闷的神色,扭曲着身体在榻榻米上翻滚。这种时候,庸医也未必毫无价值,那个女人裸露着肌肤,狂热地进行表演,窥见我急急忙忙、心慌意乱,精神得到了安慰和满足,不一会儿平息了发作。

*

据说歇斯底里多少有点先天性的东西,大半是后天性地由生活环境所造成。

因此,不能说该疾病遗传,母亲歇斯底里,女儿也这样。相反,妈妈沉着、冷静,女儿未必不会歇斯底里。唯有这一点,希望别弄错啦!

要点是这个人所处的周边环境和生活状态,既有可能成为歇斯底里的人,也有可能成为恬静的人。

总体上看,女人容易歇斯底里,根由是女人存在的本身就极其复杂而矛盾。

打比方说,"女人的讨厌就是喜欢"(这句话时对时错,请注意),在一定场合下,女人的内心和表达是截然不同的。可能在极力赞美对方说"挺漂亮啊",心里却认为一点也不漂亮,或者嘴上说"你俩结合挺棒啊",心里却希望两个人关系破裂。很多话语不能按嘴上说的那样理解。

话虽如此,女人做这样的事情,其实跟自己没有多大关系,只可以在背后伸舌头,表惊异。如果是自己,不可能口是心非。

特别是女人对于自己难以说出口的欲求,比如希望他人拥抱,而不能启齿说"抱抱我"的时候,急躁情绪就会达到极点。

男性应当体谅女人这种时候的痛苦。换作男性面对妻子或恋人,想拥抱对方又欲擒故纵,挑逗或引诱对方投怀送抱"喂!来!",要是不奏效,大概会用武力得逞。男人在这种时候,是忠实于欲望的。女人则不然。

假如男女想做爱的时候,有不能直达主题的那种成规,该怎么办呢?既不能催促"喂!睡觉吧!",也不能直白地说"想要你!",又不能先躺床上喊"快点儿来!",必须一直等待着。作为欲火中烧的人,心情可能会急躁得不得了吧。

"那可以去洗浴店嘛!"——如果这么说,是成不了答案的。因为女人没有洗浴店,身体也不愿接纳陌生的男性。

想说却不能说,产生急躁情绪,越来越激动,越来越压抑,眼花头晕眩,直至不能自已。女性只能付诸歇斯底里这种手段冲撞对方,除此以外,别无他法。

*

总之,所谓的歇斯底里发作,是用身体向他人诉说自己心情的一种表现手段。在表达心情、说唱念做这一点上,和演戏没有两样。

在这个戏剧舞台上,主演就是歇斯底里发作的女性,观众则是看得入迷的男人们。女主演通过歇斯底里发作这种表达,把囤积在心中的郁闷一口气地甩出去。

看表演期间,男观众被女主演的感染力所吸引。随着剧情步步深入,又为女主演精湛的演技所折服,并与其喊叫、痛苦和悲伤产生共鸣。

"这样不行,自己要为她做点什么!"一个男观众被这样的想法所驱使,主动向主演者伸出双手,将她搀扶起来,说了一句"是我不好,请原谅!"的台词。

这位男观众又顺口说出劝慰的话,尔后紧紧抱住她,求其对吻。

两个人拥吻到了一起,在表演达到这个顶点时,女人心花怒放地睁大眼睛,莞尔一笑。

终于,歇斯底里这一戏剧迎来大团圆,缓慢地降下帷幕。他们满不在乎地忘记一刻钟前超越常规的发作,迎来属于两个人的优雅时刻。

这样,歇斯底里这出戏的演出,取得了完全的成功。女人在男人面前呻吟、挠胸、顿足,以排解苦闷的效果很好。

然而,未必所有的歇斯底里闹剧,都以这样的喜剧结局顺利地收场。难得的倾情表演也许事与愿违,会造成更加疏远对方的结果。

可能患有歇斯底里的女性,几乎都兼有诚挚、纯真和相当丰富的感受性,正因为如此,才会引发歇斯底里。如果是感觉迟钝或水性杨花的女人,从一开始就不去急躁和激动,而是痛痛快快地被别的男人抱在怀里,倾诉自己的不满。

所谓的歇斯底里,是一种情感长期积累、压抑和膨胀的爆炸。忍耐的情绪越强,爆炸的威力越猛。

无论怎样的歇斯底里,基本来自这种心情:将对方的心绪吸引到自己身上,让对方承认自己。表演应恰若气氛,不能有过分的夸张,以致使对方看到生厌,遭到嫌弃。

"发作到这种程度,大概没问题吧。"她们一边哭喊,一边不时地睁着半闭的眼睛,做着自己的算计。这时,你如果装作惊慌的样子,和蔼地对待她,大体上就能将事态平息。

假如能转生

几个人聚到一起,常常会议论:"人是生为男人好呢,还是生为女人好呢?"

如果眼前有女人,男人好像都会含糊其词,默默地笑:"嗯,是啊,性别是何好呢?"他们的真心话是"男人好",但话不能出口,要有所顾忌,以免难为情。

男人本来就觉得愧对女人,认为男性人群比女性人群过于自高自大。如果再说"男人好",总觉得十分对不起。可能也会有反应迟钝的家伙,堂堂正正地宣称"肯定是男人好!",但这种情况是例外。

女人对此持相同观点的,占百分之六十到七十的比例,也就是说,大多数女人认为"男人好"。

"下次出生时,要绝对生为男人。生为女人真的吃亏了。"如果女人这样说,男人会说:"没有那回事儿。还是女人舒服。"男人显然是出于安慰,心里却觉得此言不差。

并不是所有女人都会满足男人的自尊心,也有人会明确地断言:

"那肯定是女人!"

此时此刻,期待着说"男人好"的男性会感到愕然,重新审视那位女人。

于是,便注意到说"女人好"的人,大体上是体验过女人之满足的人。

说到女人之满足,有点难以准确说明,总体意思是指尽量有效利用女人的特权或长处,并由此获得幸福感。说得稍微具体一点,就是或面容姣好,或风姿绰约,或聪明伶俐,受到人们喜爱与和气对待,或者得到工作便利,从而感到心满意足。

看到这样幸福的女人,并不觉得有什么不好。而令人担忧的是,内中因此而骄傲地夸耀"那肯定是女人"并陶醉于此的人。

不知什么原因,我一看到这种女性,就似乎从其眼神深处窥见了她在性欲上的满足感,而觉得沉不住气。

也许这是我胡乱猜想,总觉得那种如醉梦境般的眼神,是在向人诉说"你们不知道女人那时有多好!"而使人难以接受。

不知为什么,见到这样的女人,自己原先的优越感顷刻化为乌有,觉得自己与生俱来的穷酸与可怜,就是自己的性别,而重新激发崇敬的心情,仰视眼前的女性。

*

思考一下,怎样议论"男人好还是女人好"都是没有意义的。

男人怎么挣扎也无法成为女人,女人也无法成为男人(虽然现在做变性手术的人数好像在增加,但那终归是身体外部的改变,身体内部的卵巢、前列腺等器官不能生成,荷尔蒙分泌也没有重大变化,所以,男女根本不能实现完整意义上的互变)。

因此,这些议论最没有成果的地方,就是彼此无法站在对方立场上思考问题,仅从自己的主观愿望出发,想象或评论对方。这样随意议论的结果,总是结论相左。

尽管如此,这样的议论,能在男女之间成为话题,也许是因为有着对变性结果的好奇心和某种期待。

譬如女人无限遐想:如果我是个男人,就会……这样很刺激、很快乐、很幸福。

然而,不可思议的是,一说到假如自己是相反的性别,一定会出现这样的奇思妙想:男人或女人都把自己当成玩世不恭的人,欺骗异性。

比方说,一问女性"假如你是男人……",回答会是"当个了不起的花花公子,从可爱的女孩儿到已婚的女人统统勾引,肆无忌惮地玩,玩够再丢开"。你看她们当时的眼神与表情,简直是光源氏、唐璜和卡萨诺瓦聚到了一起。她们欲做的男人,与现实中所追求的男性形象恰恰相反。

对此,男人也不逊色:"假如自己成为女性,就要当娼妇,骗男人,发大财。"

彼此能不能做到暂且不谈,如果各自都成了异性,就要诱惑、诓骗过去的同性,是奇怪而荒唐的。没有人认为男人要像个好男人,女人要像个好女人,应谦虚、认真地生活。这一点令人不快。

更奇怪的是,男人和女人从开始就认定:如果各自都成了异性,就要成为了不起的美男子或美女,从而受到异性欢迎。不假想自己成为有经济能力的男人,不假想自己是丑女人,而是以貌相受欢迎为前提,想象着这样或那样。

如果说这是完全的自以为是,一点也不夸张。看到人们热衷于这样的议论,也许是因为彼此的想象,有利于更好地把握未来,从而消除一时的烦忧。

喜欢的歌曲

已经相当旧了,中条清①的《谎言》这首歌轰动一时,在街上可以经常听到。

这首歌连我这个不懂音乐的人也非常喜欢,时常想哼唱。曲子不用说,歌词也很精彩。我虽然不直接认识叫山口洋子的女性歌词作者,却非常喜欢这首歌。

一般流行歌曲的歌词,是故作严肃的诗人皱着眉头写的,故难以出产好的东西。而随意自如写出的东西,却有一些很好的作品。在这一点上,山口洋子把一般让人觉得羞涩的事情,写得淡然、浅显而率直,是伟大的天才。流行歌词的好处是浅显易懂而直截了当,从这一点上说,她确实是适当且杰出的流行歌词作家。

银座那边有个我常去的叫 B 的俱乐部,虽说叫俱乐部,却没有像模像样的设施和装备,小姐们可以随意地唱歌。在那里,《谎言》这首歌好像也很受欢迎。

---

① 日本著名歌手,生于 1946 年。

特别是歌词的第二段:"啊,尽管不想待在一起,啊,新娘礼服穿什么?说'我喜欢和服啊',给予热吻却冷酷说谎的人……"唱这一段时,她们的歌声会更响亮,听着的男人们好像也蛮有趣味,有人频频点头,有人则露出那种被揭老底的表情侧耳倾听。

听这首歌时,我特别感兴趣的是女性们唱歌的表情。

一般唱到这里,她们就会群起和声而变成大合唱,同时露出如痴如醉般、极为酣畅淋漓的表情。

我这不是开玩笑,真实情况的确如此。我还觉得女性齐声高歌并陶醉于其中的表情,很像那位女歌星呈现在某一瞬间的表情。

"你说这样的事儿,被确切地证实过吗?"如果有人这样问,我就有点困窘。不过,还是觉得很像。

我把这事儿悄悄地告诉朋友,朋友说:"怪不得你一遍又一遍地点这歌呢。"其实,我并不是因了这样的理由而听歌。

我喜欢这首歌的意境,尽管听起来有些悖理:男人那样撒谎,女人却不去抱怨和憎恨,而是流露着醉意的表情,回忆着撒谎的男人。唱歌的女性们,也许一边唱这首歌,一边陶醉在受虐般的快感之中,故而脸上泛起得意的神情。

*

在流行歌曲中,我另外喜欢的是《栀子花》。

这是渡哲也[①]所唱的歌曲,曲子很有情调,歌词也好听。

尤其是"现在瘦弱、憔悴,连戴戒指都打转,你的传闻……"这部

---

① 日本著名演员、歌手,生于1941年12月。

分,很出色,用"戒指戴着松了"诉说一个女人痴想男人的苦恼,表现恋爱中女人的悲伤,直逼男人的心。

陶醉于这样的歌词,要说矫情也有点矫情,但实际上很佩服,所以没有办法。

这歌词是谁写的,一下想不起来,说瘦得戒指戴在手上很松了,听着听着,就担心起她最重要的身体来了:她的身体有多么瘦呢?

女人堕入情网,就真的会瘦吗?我们似乎可以笼统地认定为会,但也有不同意见,有的人甚至持相反观点:恋爱期间,不能和喜欢的人见面,心情就会烦闷,为了解闷常吃东西,反而吃得发胖。

因自暴自弃导致大吃大喝的观点,是女性认可的,也并非完全没有根据。客观上也存在这样的事例:我认识的一个女性,在恋人去美国期间,浑身胖了,归国的男朋友都认不出来了。

假如这种观点成立,那么歌中的"瘦弱、憔悴,你的传闻……"有必要订正为"你的身体肥胖而魁梧"。

到底哪一种观点正确呢?我认为应该更加广泛地倾听女人们的意见。假如会胖的观点正确,对于因和自己恋爱而瘦了的男人们来说,是个不小的打击。

恋爱的女人还是瘦一点好。好不容易有"因爱憔悴"这个娇艳的词,可以满足男性的期待。这句话也可以针对女人的睡姿而说。

有人说:"恋爱的女人经常低着头!"这真实表现出恋爱女人的情趣与格调。要是睡觉仰面朝天,呼呼打鼾,让人看了多扫兴。

恋爱期间的女人,并不是非得瘦得低着头,瘦胖都是相对而言的。"想你想得消瘦,把戒指都丢啦!"——如果男人听到女人这样说,真的会变消瘦。

技艺的魅力

最近,我有机会连续欣赏所谓日本的古典艺能——简单伴奏(只用三味弦的伴奏)的藤舍会和清元曲之会。

说实在话,自己不太懂这方面的东西,什么乐器也不会演奏,只是喜欢工作累了时,出去听一下乐曲。

应该说是"听",还是应该说是看呢?如果是古典音乐,就应该用夸张的字"听"。像现在这样欣赏古典艺能,个人觉得用平假名[①]表示"听一下"最合适。

其实,我耳听着三味弦、笛声和鼓声,眼睛却会被舞台上艺人们的姿容和动作所吸引。

的确,穿着带有家徽的和服衬裙的角色,端坐在那条绯红色毛毡上的姿态,威严可敬,很像个样,只是看一眼,心里就感到沉着。

一会儿,三味弦响了,歌声传来,再融入小鼓、大鼓、笛子,这是标准的日本式管弦乐,其热闹、华美程度,与西洋乐器相比,有过之无不及。

---

① 日本的书写文字。

不过说真话,我喜欢这种简单伴奏的原因,固然是由于其动听、优雅,还因为内中蕴藏着一种难以形容的妖媚。那可能是从烟花柳巷传出来的,一个动作、一种声音都洋溢着诱人的魅力。

尤其是打鼓的年轻女人,将鼓挂在圆溜、光滑的肩膀之上,用温柔的动作轻轻敲打鼓面,那种专心致志的姿态静谧,令人紧张。

我从电视夜场或杂志的凹版相片上,看到目送秋波的女人,炫耀地摆出露骨的姿势,没有什么感觉和触动,而从一味地打鼓的女人那里,却感觉到了相当的魅力。这是为什么呢?

这是我有些发疯呢,还是到了让这种魅力所吸引的年纪呢?不管怎样,打鼓的女人会挑起男人各种欲望。

台上的那个女人尽情地打鼓,也许是在切断对男人的思绪,也许是为了平息恋爱的火焰而专心致志地不停敲打。现在那张极具尊严的面孔,或许一上床就沉溺于令人眩晕的淫荡世界。

像现代这样万事露骨、没有秘密挑起想象力的时代,打鼓的女人是极其醒目的,其性感与挑逗,要比黄色电影淫荡,能够在国立剧场看到如此景象,好像可以说,日本是个非常开放的国家。

*

谈到打鼓的女人,使我忆及京都的一个叫K的酒吧的老板娘,曾跟我说起过在祇园町习鼓的情况。据说,鼓是个很难侍弄的东西,至少需要练两三年才能出声。在寒冷的早晨学打鼓,教练未到之时,要把指尖在火盆边上暖一下,把手指弄软。

当然,不仅限于打鼓,所谓万般技艺的学习,都有这种严厉和刻苦相伴随,唯有忍受痛苦,才会使技艺得到提高,再逐步形成自己的风格。

跟现在的年轻人说这些事,也许会受到嘲笑:为何要那么辛苦地学习呢?而进入技艺世界的人们,理解并享受这种专心致志,在严厉中得到一种受虐般的喜悦。

据说,人们学艺入门后,条件再艰苦,教练再严厉也舍不得放弃。祇园或新桥附近,就有很多因喜欢技艺而永远不放弃做艺伎的人。

总体上看,日本的舞台技艺,多是从烟花柳巷发展而来,其理由暂且不谈,我依然觉得对于住在那种地方的艺伎们来说,技艺是生活的一部分,又是保持心灵平静必不可少的东西。

过去住在这种地方的女性,未必与喜欢的人相结合,即使与喜欢的人结合,对方基本上都是有家庭的人,不能经常待在一起。想见面也不容易,必须按捺着燃烧的激情,坚持和忍耐。每当这种时候,技艺的展示和发挥,无疑成为她们唯一的感情宣泄的窗口。

她们一边疯狂地打鼓、拉三味弦、跳舞,一边疗治向往男人怀抱而不得的悲伤情绪。从这个意义上说,技艺是她们的精神安定剂。

我谈起这样的事来,是因为从端坐着连续打鼓的女人那里,感觉到一种异样的氛围。或许那个女人打一段时间鼓,又会恢复到以前恬静而谦恭的面貌。

这样随意的揣测,是否正确另当别论。现在的女性,好像因为见不到男友,或者因为丈夫回家稍晚一点,就任意地哭喊、乱嚷。也许采用了直截了当的美国式表达,但不应当盲信外国的生活方式。对于女人来说,也许还是学点技艺,把心思转向别处好。

自作自受

所谓的恶女,到底是指什么样的人呢?前几天,女演员太地喜和子小姐问我:"您觉得恶女是什么样的?"我不知作何回答。

说实在话,我认为女性都很好,不了解恶女这个词的准确含义。

说这样的话,也许有人会威胁我:"你说得那么简单,早晚是会遭殃的。"

可能世上确有恶女,令男人惊讶或愤恨,但是,不能草率地把一些女性归类为恶女。

比如,有年轻貌美的服务小姐,对被服侍者不安地说:"我一个人养着母亲。"听者对此很感动(当然也有好奇心),会给很多小费。过后,可能知道养在家里的不是母亲而是男人。如果仅凭这一点,就将其称之为恶女,实在有点太苛刻。

为什么这么说呢?那个女性对于多给小费的男人来说,也许是恶女,而对于养在家里的男人来说,是上帝一般的好女人。她从一个男人那里吸取,对另一个男人奉献。因此,对于被吸取的男人来说,可算是恶女；而对于被献纳的男人来说，则是上帝。

总之，做了坏事的女人是不是恶女，取决于男人对其喜欢的程度。对于有些厌烦该女的男人而言，可能是恶女。而对于真正喜欢的男人而言，觉得没做那么多坏事。

很遗憾，我没怎么当过这种被献纳的人，也不能净说"女人善良"。就像东西有表和里那样，应一分为二地看问题。女人做事必有相应的缘由。女人有自己喜欢的人，常常为了共同的生活而工作，要是另外的男人无耻地挤进来，要求她做个对其也好的女人，女人肯定不会露出好脸来。女人不得不对男人甄别对待。

所以，喊"那是个恶女！""女人不好！"的男人，其实并不体面，好像是坦白自己不受女人欢迎。所以，男人应以保持沉默为上策。或者像我这样，忍着悔恨说"女人都善良！"才能过得去。

不知为什么，好像女人都喜欢说自己是恶女，有的女孩儿本性很善良，却装作很不好。

那是怎么回事呢？是觉得装作不好更有魅力呢，还是自列为恶女，借以宣布自己已有喜欢的男人呢？太地喜和子小姐扮演恶女角色是首屈一指的，但好像让人越看越觉得可爱、善良。

*

在分析"恶女"的同时，我忽然想起没有"恶男"这个说法。

这是怎么回事呢？是世上的男人都善良呢，还是男人已经很恶，用不着再冠以这个"恶"字了呢？答案不很清楚。但不管怎样，"恶男"这个词并不精彩。

要是说品质败坏的男人,需要在"坏男人"的中间加个"的"字,才像个样。这与"恶女"之称有微妙差别。

"恶女"确实不好,当然,这不是单指容貌,而是包括性格或品行。要是只说容貌,有个词叫"丑女",含义狭于"恶女"。与"丑女"相对应的是"丑男",这个词也没怎么听说。根由可能是男人都是丑的,不用再冠以"丑"字。总之,"恶"或"丑"这种字眼,只有用在女人身上,才显得生动。

一般来说,女人是善良而美丽的,也是为世人所公认的,"恶女"只是极少数。"恶女"这样的概念,总给人以可怕的感觉。而促使这种概念泛滥的,无疑是受过恶女伤害的男人们。

男人虽然说大话:"女人大脑残,没有用。"其实却认为女人比自己更纯洁、聪明且美丽。表面上轻视和瞧不起女人,内心却充满尊敬和热爱。

所以,某女性做一丁点坏事儿,就会用夸张的语言,愤慨地指责:"那是恶女!"或者哭丧着脸痛斥"叛逆的恶女",或者没完没了地发牢骚。反过来看,这恰好暴露出这些男人的稚嫩和小肚鸡肠。

这些男人也认为女人是温柔、美丽的,不会背叛。正因为深信不疑,才会觉得某女性不成体统。如果他们率直地想:女人也和男人一样,一旦发生问题,也会掩盖事实,也会撒谎或欺骗他人。也就不会受到如此之大的触动而怒气冲天。

至今"恶男"的词义没有被固定,也许是因为男人一直显示对所有女人的和蔼,对A子、B子,对谁都示好,对谁都亲切。不像女性那样,具有锁定一个男性、阻止与其他男性深度交往的洁癖性。除去那些杀人越货的"恶男"之外,男人从本质上都有这个毛病,或称自尊心。

然而,男人袒护女人的这种自尊心,却能有效防止自己成为"恶男"。如果这样思考,男人被女人背叛或反之,不是谁不好,而是自作自受。

分手的美学

上次看一种周刊杂志,碰到《分手的美学》这个词。分手有没有美学呢?我对此并不清楚。只觉得反正要分手,希望美好地分手是人之常情。

究竟在分手之时,男人和女人哪一方更残酷呢?或者说,哪一方更干脆呢?我不得不绝对地判定女方优胜。

这并不是对自己的过去被甩泄愤。而是感到:越是客观冷静地看待男女分手,越是觉得女人的分手方式鲜明而具有男性气概。

男人总是装作体面地分手,实际上意志并不坚定,即使骂得痛快淋漓,发誓"再也不想看到你!"。而随着时间的流逝,便出现了那种吃了亏、误了事的感觉,对过往依恋不舍:那个女人,有些地方还不错!

然而,女人分手时可能会哭喊、吵闹,要自杀或者怎么样,但是一旦调整好情绪,找到新的恋情,就不再理睬以前的恋人。就是在路上遇见,不但不会打招呼,而且会昂首挺胸,投以轻蔑的目光。

女性到底为何那样冷酷无情地疏远过去的恋人呢?换作男人,即使与喜欢的女性分手了,要是在哪里见到,打招呼不用说,还可能体贴地询问:"最近挺好吗?"甚至约她去喝茶。如果得手,还会考虑再来一次。要说这是男人的多情,那就算了。男人这种和蔼和不坚决的态度,是男人之所以为男人的缘故,好像也可以归属为一种没有自信的男人性格。与此相比,女人则把界限区分得很好,似乎总会埋头于一个男人并能与之相爱一生。当然也有例外,但终归是例外。

因此,男女相恋,爱的密度是女人比较大。分手则相反,女人立马变得冷酷无情。可能因为这样的理由:只有正确、严格地区分界限,才能忠贞不贰地热恋下一个男人。无论怎样,女人的"喜欢"是绝对的,男人的"喜欢"则是相对的,是比较而言的。分手也以此为标准,女人的分手是真正和完整的,男人的分手则是余兴未尽的。

总之,男女一旦分手,女方跑到别的男人那边去了,即使男方万般恳求,也不会回心转意。在这个方面,女人与男人喜做空谈的浪漫派不同,是地地道道的现实派,如果光为自己打算,以后保持交往,就会碰钉子、出麻烦。

*

说着分手,仍有点忧心。到底有没有美好的分手呢?女性好像认可"喜欢才分手"这种构思,男性则不然。

经常有男人说得头头是道:"我是个不值得你爱的、没出息的男人。再交往下去,只会使你不幸,虽然都很难过,还是分手吧!"这么说,令人疑窦丛生。

如果只听说辞,好像男人自我否定,高度地评价对方,客观地提出分手。实际上是在绕着圈子谨慎地说反话。要是解析得稍微浅显易懂点,那就是在说"我讨厌你啦"。

这种男人生性怯懦并顾及自尊,很难对原先帮助过自己的女性面对面地说:"我讨厌你!"之所以选取不太残酷的话语,来表达自己真实的意愿,只不过是害怕对方接受不了。

稍微冷静地思考一下,就能明白:自尊心很强、很骄傲的男人,不会对自己非常喜欢的女人说自己不值得爱。假如知道自己不堪,从一开始就不会追求对方。恋爱或许是一场思想斗争,过于相信唯有自己能够使对方幸福,只是一种错觉。

奇怪的是,女性好像很享受这种抚慰的话语,认定:"他喜欢我,为了我的幸福而退出。"甚至有人为之陶醉。

常言说得好,任何事情都有长处和短处。女人对恋爱的向往和期待强于男人,只要分手美好,就能给予谅解,似乎有些天真,正好给花言巧语的男人们以可乘之机。

不管怎样,曾经以身相许而关系亲密的男女,要分手不是件容易的事。今天为分手而去公寓,正欲提出来,却又缠绵在一起。觉得再在家里不合适,就到咖啡馆幽会。再次为分手见面,又去旅馆里了……很难像预先打算的那样顺利。

真正的分手,一般是在一方找到新的恋人,而对对方产生了厌恶情绪之后。如果不是这样,双方很难下定决心。要是男人说出"为了你的幸福!""我不值得你爱!"等类似的话来,就应当说是已经发出了相当危险的信号。

婚礼的忧郁

新年伊始,我收到一个熟人寄来的结婚请柬,感到有些忧郁。

虽说是正月,写文章的职业没有停歇,自己一边喝着屠苏酒,一边慢慢地写。不一会儿,就有醉意了,完全不能再书写,净是搔脑袋。完稿会因此耽误时间。

为何在这样的正月匆匆忙忙地举办婚礼呢?正月是岁首,是图个吉利呢,还是现在不举行婚礼,不足月的婴儿就要降生了呢?猜不出真实的情况。犹豫来犹豫去,还是想着像往常那样,用老套的贺电方式应付一下。

我想对方会满怀好意地猜想:他大概很忙吧?不过说实话,我最讨厌参加婚礼。

虽说是婚礼,主要内容是婚宴,参加者听着媒人或来宾的祝词,总觉得有点芒刺在背的感觉,从而沉不住气。

我常常在这样的场合受到夸奖,觉得比较难为情。并非稳重地坐在那里就行,而是像出荨麻疹那样的全身发冷。这是怎么回事儿呢?

应当说,媒人发言和来宾祝词都是虚伪的,称之为友人代表的致辞,往常故意逗人发笑,最近也有些让人讨厌了。

总觉得那里面充满了万事做作的、与人之本性迥异的赞扬、鼓励和恭维,如果正经地听,就觉得比国会论战更空虚、更无聊。

当然,男女结合,办个婚礼不行吗?要这么说,那就算了。我的感触是:比起勉强出席、坐在那儿出荨麻疹来,倒不如躺在家里睡觉更合乎人之常情。

之所以这样挑毛病,剖析一下自己的内心,可能是因为嫉妒迎娶漂亮妻子的年轻男性。如果新娘不是美女,心里就觉得平静一些。这可能就是很好的证据。这样的时候,我反而觉得新郎更可爱,而想去拥抱他。对此,自己也感到不可思议。

可能新娘是美女,自己会任意地发挥不吉利的想象:娶那么刻薄的女人,早晚会倒霉的!如果煞有介事地说"祝你永远幸福!"这样的话,则是自己最大的享受。否则,花那么多钱,看这么无聊的演出,怎么也看不下去。

*

去参加他人的婚礼,浏览美丽的新娘,作为男人,并不太舒服。容易产生好像遗失了很多东西或犯了很多错误一样复杂的心情。

有时还有不可思议的想法,觉得自己不如娶了美丽新娘的男人,因为那个男人的形象显得十分高大。过了几年,突然见到那位当年的美女,已是一位完整妻子姿容的稳重太太,就觉得松了口气,很好!这样的感觉很是奇妙。

于是，就放下心来，并自我安慰：那家伙也娶了个极其普通的妻子！这么看，她不过如此，没什么了不起。

美丽的东西很难长久，不久就会褪色，世上万事万物都是如此。话是这么说，为什么女人一结婚，姿容变得特别快呢？

世上的太太族变得聪明，我丝毫不感到嫉妒。而几乎所有的女人，结婚不几日就腰身变粗，臀部变大，曲线变丰盈，行为变懒散，并时常显露出焦躁的表情，让人看了心里感到难过和惋惜。

中年女性中尚存美丽的人，几乎都是些上班族或做非家务工作的人。看起来，在社会上工作的女性，确实要比专心做家务的主妇漂亮，或者说富有青春。这不仅是我，也是周围所有人的看法。这样，做家庭主妇者就需要勇气和力量。

女性姿色迅速衰减的原因是什么呢？据推测，是因为一旦结婚成为他人之妻，心情就会完全放松下来，失去精神上的紧张，对仪容的要求标准也会降低。

就像男人到了退休年龄闲居，马上就会显老一样；女人一旦结婚，心理安定，姿色就会衰减。对此思考一下，真是妙不可言。也许从根本上说，人是不能无所事事和无忧无虑的。

这么说，也许会有人借此自我辩白："所以我才让老婆工作！"这样也就得了，好像妻子们总是被男人们盯着。

是心有不安仍选择妻子因工作而美丽呢，还是不管美丑只要妻子无忧无虑呢？无论怎样选择，男人的操劳都是不会停止的。

第三章

雪与巧克力

大约是在五六年以前,报纸上大肆报道这样一则新闻:在寒冷的冬季里,两个女性在北阿尔卑斯山遇险,靠一块巧克力多活了两个星期,最后被奇迹般地救起。

这则新闻,一边在祝贺两人的生还的同时,一边流露出赞叹和惊讶:"以纤弱的女性之身,竟能幸存下来!"

的确,虽说是登山家,可看着不是多么健壮,且是二十七八岁的女性,看到她们在医院的病床上休息,难怪人们称其纤弱。

她们坚持得真好! 得到夸奖是理所当然的。

如实说,我感觉被报刊的这则新闻给骗了。虽然很愿意称赞坚持下来的女性,却觉得"以纤弱的女性之身……"这种说法很是不妥。

这则新闻在社会版上用三个段落突出地报道,首要理由当然是两人在漫天飞雪的北阿尔卑斯山被封两周却顺利得救。而且遇险者又是纤弱的女性,更为引人关注。

所谓的新闻,老鼠逮住猫如是,如果是猫逮住老鼠,则成不了新闻。

以此道理说,两个女性仅用一块巧克力,就多活了两周,新闻价值确实很高。如换作男性,可能就唤不起震撼的话题。

正因为是女性,才有了老鼠逮住猫的感觉。这种看法是否正确呢?"以纤弱的女性之身……"之说,能真正反映女性的客观现实吗?

我们日本人,尤其是日本的男性,长期习惯于"男强女弱"的思维定式。只要是女性行为,就认定为软弱、无能、不堪一击。

曾经流行过这样的话语:"战后变得强有力的,是袜子和女性!"显然,这是建立在"女人是弱者"这一前提下的非议。

女性具有参政、议政权,在各种公共场所发表演讲,有点慌张的男人们爱挖苦一通,认为女性从灵魂到肉体都是弱项。

女性真的是那么纤弱的性别吗?只有女性作为,才能成为大新闻,换作男性则变成小新闻。这种思考方式究竟是否正确呢?

我认为,那个标题不应该写"以纤弱的女性之身……",而应改写为"真不愧是坚强的女人……"。

*

且说人在雪山遇险时,首先是寒冷。当然,可能会有毛衣或防风衣御寒,但仅凭这些未必够用。

在冰天雪地中,光感觉到冷还好,睡意袭来之后,人更难熬。如果睡着,人就完了。

男人和女人到底谁不怕冷呢?

一般来看,女性体形小,似乎应怕冷。同女伴走夜路,女伴一膀子靠过来,说"冷",我作为一个尊重女性的人,赶紧把自己的外套脱下来,让她穿上。有暴风雪时,也是自己挡在前面,防止寒风直接吹到女伴。

现在想来,好像有点错误。

即使瘦弱的女性,皮下也有相当多的脂肪。一般认为,女性特有的圆溜溜的曲线型体貌,是由于积蓄了若干的皮下脂肪,这些皮下脂肪,也影响到女性荷尔蒙的分泌。

脱离一下主题。天生的女性和变性的女性,外形的最大区别,不是有没有胡子或胸脯高低,而是四肢或肩头处,有没有这种皮下脂肪所形成的、难以形容的、圆乎乎的感觉。变性女人化妆化得再漂亮,也呈现不出这种圆乎乎的特别征象。

我当了医生开始做手术后,接触到了女性的这种皮下脂肪。

一般女性骨头细,看上去极瘦的人,也有很多脂肪。如果不爱活动,肌肉层变薄,脂肪层更厚。

相比之下,男性皮肤下面主要是骨骼和肌肉,没有或少有厚厚的脂肪层。

当然,男性到了中年,开始有肥肉,脂肪层增加是必然的。尽管外形看来与女性同样程度的丰满,女性皮下脂肪绝对多。

也可以这样说,看上去瘦瘦的女性和胖瘦中等的男性,皮下脂肪量大致相当。

给中年女性做手术时,看到胖得晃里晃荡的肚子,总是心生不悦。可以说,这是割也割不断的黄色的脂肪山,剖切到腹膜以前,已把人累得疲惫不堪。

所以,肥胖的中年女性手术应该比瘦弱的男性手术多收一倍的钱。

不!这是多管闲事。

我想说的是,女性身上穿着皮下脂肪这种很厚的"斗篷",应比男人更耐寒。

当时我年轻而瘦弱,不了解这种情况,才给那个女伴披上自己的外套。

*

在雪山遇险时,除了寒冷以外,第二个问题是饥饿。

暂时在雪洞里面躲避猛烈的暴风雪,等待天放晴,尔后徘徊着寻找下山之道。如果人饥饿得厉害,就会晕倒在白雪覆盖的路上。

然而,空腹本身不会马上与死相联系。

一般来说,比饥饿更为重要的是干渴。据说人体的百分之八十是水分,缺水对身体影响极大。

幸亏是在雪山上,不会为干渴所困扰。只要大口地吞食身旁的积雪,就可以充足地补充水分。

所以,雪山上欠缺的依然是粮食。

两个女性在北阿尔卑斯山遇险两周时间,仅靠一块巧克力维持生命,其艰难程度是难以想象的。她们从遇险的第二天,就已经被饥饿所困扰。

当然,巧克力含糖丰富,营养价值高,热量大,对于充饥是比较有效的食物。

然而,两个人是在十多天的时间里,徘徊于雪山之巅,凭那么点东西,怎么也不够。如果不补充一些能量,体力就会耗尽,饿死在路上。

山上除了积雪以外,什么也没有。她们究竟是靠什么维持体能的呢?

如果外部世界没有什么可吃的东西,就只能靠"吃"人体内部的什么东西。除此之外,别无他法。

后来想起来,她们"吃"的是隐藏在光滑皮肤下面厚厚的脂肪,脂肪靠身体的自我调节转换成了热能,帮助她们渡过了难关。

一说到脂肪,往往认为那是没用的东西,有的人感觉还很强烈,但未必应当这样断定。

脂肪在身体上堆积成肥肉,可以认为是多余的,而适量的脂肪,对保持体温有用,更重要的是它可以在必要的时候成为热量之源,转换体能。

当然,它不能进入胃中,不能充饥,但通过燃烧它,可以保持一时的能量。

这个原理同时说明:胖人即使绝食,也不会对运动产生多大影响。

如果说他们在自己吃自己的肉,也许有点可笑。准确地说,是他们自己在挪用自己的脂肪。

从这一点说,在皮下隐藏着充足脂肪的女性能够保持体力,是理所当然的。女性身材相对小,消耗能量也相对少,所以就越发长寿。

尽管知道这么多,但我作为一个男人,仍然不自觉地认为女性是

"纤细而软弱的"。

*

人在雪山遇险,应该遵守铁的法则:遇到暴风雪时,不能随意走动,要保持冷静地躲在雪洞里,等着天放晴。如果走动,就会不必要地消耗体力,因寒冷而冻伤,或在暴风雪中弄错方向,铸成祸端。

这样的事不需我说,是登山爱好者皆知的攀登雪山的常识。

然而,人身处险境,好像很难遵守法则。一旦迷了路,心情就会焦躁,往往冒着猛烈的暴风雪,拼命地寻找下山的路径,结果都出现生命危险。

保持达观的能力

周围的环境恶化时,要保持冷静,不要随便乱动。

这不仅限于攀登雪山,好像从社会、经济到人生的一切都能适用。

一般来说,这种"保持冷静""等待"等作为都是静止的状态,有人认为是非常浪费时间的无意义之举,但未必应当如此断言。

通过等待而取得成功的最杰出的人是德川家康。所谓等待,只是表面不动,外观有些呆板。"能等待"实际是一种能力。

十年前,我为了写学位论文而做实验,养了五十只兔子。这时的我,与其说是个医生,莫如说是个兔子饲养员,或者去早市买胡萝卜,或者让豆腐店分给一些豆腐渣,或者星期天去郊外割青草。

当时,正和我交往的女友一见到我,就皱起眉头,说我身上有兔子的气味儿。

我做的实验是故意将兔子的后腿折断,往腿上缠石膏绷带,然后注入同位素,看同位素怎样向骨折部或周围的骨头扩散。这一点要解释清楚很麻烦,所以在此省略。

现在主要讲兔子缠上石膏绷带后的应激反应。母兔被缠后,迅即不快地摇头,用嘴咬或用爪尖挠,想要拆除石膏绷带。但没有用。过了半天就死心了,过了一天,开始啃吃胡萝卜。

公兔则不然。过了两天都不死心,还是一个劲儿地撕咬绷带,将全部精力倾注于逃出捆绑。不管它撕咬成什么样,我再缠上一层绷带,又恢复原状。它却依旧不死心,翻来覆去地撕咬。

这期间,就是给它再好吃的东西,它也不理睬,身体迅速地消瘦。由此看来,公兔是真傻,或者说是带有可悲的天性。

*

所谓的母兔比公兔老实,也许是错误的。

前面说过,一往公兔腿上缠石膏绷带,它就执拗地咬住绷带想逃走,而母兔则很快变得老实、温顺。起先,我单纯地认为兔子和人一样,也是母的老实。

过后仔细一想,觉得与其说是母兔比公兔"老实",不如说是比公兔"达观"。

当然,这两个词的含义截然不同。"老实"是表示外观的语言,"达观"则是表示内心的语言。

一般我们说"老实"时,除了有动作平静的内容,还包含着心地善良的意蕴。其范例是"那个人看着很老实,但是内心很坚强"。在这里,"老实"不只是表示行动,还含有不爱张扬的意思。

这一点暂且不谈。母兔之所以很快变得老实,是因为达观;公兔之所以不驯服,则是因为不达观。它们与人才具有的心地善良或意志坚强没有关系。

证据是,母兔一旦变得老实,很快就开始吃胡萝卜或豆腐渣。假如真的是心地善良、难经折磨,那么,它被折断腿、缠上绷带后,就不可能那么贪吃。

写到这里突然想起来,美国和苏联都发射过搭载动物的第一号人造卫星,搭载的是母狗和母猴。忘记了哪国载狗,哪国是载猴,反正都是雌性。

为何没把雄性放在上面呢？我作为雄性,对此有点不满。但人家肯定有相应的理由。

假如我一个人被发送到那个无边无际的宇宙太空,兴许会因为寂寞和恐惧而发狂。不过,动物与人的智商、心理不同,它们也会害怕,对固体食品连看都不看一眼。或胡乱地抓挠窗户,摇摆着仪器吼叫；或四处乱钻,寻找逃跑出口,抓到什么咬什么,最后把仪器弄坏。

不过,这是雄性。

雌性也可能会因为恐怖而乱闹一气,但知道出不去,不久就会死心,开始在茫茫宇宙中吞食固体食品,饱餐完毕再美美地睡一觉。

哎呀！当时太空中的狗和猴子就是这样做的,地球上的人看到了监控画面。

适应力

人处于某种自然环境中或社会状态下,很快顺应和习惯的能力叫作环境顺应力或环境适应力。

比方说,有的人去外国,很快就习惯那里的风土人情及生活习惯,吃得香,睡得着,跟在国内相差无几。而有的人换了水土则食欲不振,夜间失眠并急剧消瘦。环境适应力因人而异。

一般来说,动物的环境适应力主要体现在机体反应上。哺乳动物如狗、猴子等,以至高级动物——人,还存在着精神方面的适应力,这种适应力也相当重要。

有的人很讨厌公司的上司,却能够在表面上顺从和迎合,以使自己生存下去。有的人则完全不能适应,赶紧辞职,从公司中脱离出来。这些都是精神适应力的问题。

在雪山遇险时,躲雪洞里等着天放晴,也与环境适应力有关系。

外边下起了强烈的暴风雪,自己完全不知道要在这儿待多久,就这样无奈地待着。饥饿和寒冷侵袭着身体,体能越来越差。或许自己会死在这里，不能得救了。

在这样惶恐的时刻，想要泰然地待在雪洞中，是相当困难的。

有人认为坐等下去，情况会越弄越糟，与其在洞中等待自然灭亡，还不如自己出去找活路。也许会要求单独下山，也许会要求分头探路，绝不能坐以待毙。

男人和女人都被封在雪洞时，肯定是男人说这种勇敢的话。女人则一直蹲在旁边，默不作声。

男人轻率地说这种话，可能是因为体力可支。如果是领队，可能是有一种责任感在支配他：因为暴风雪而迷路，是自己没能把后续工作做完备，给大家添了麻烦。可能女人会有随大流的思想，反正自己是跟随着来的。

不管怎样，男人和女人对恶劣环境的适应能力，仍存在着很大的差异。

男人这一性别是不擅长等待或孤注一掷的。被封闭在这种环境中，很快就会失去冷静，心情焦躁，像公兔那样，一味地想摆脱束缚。

如果他自视勇敢地与暴风雪搏斗，会进一步地消耗体力，很快失去本可以得救的生命。与之相比，女人会让自己安静地待在洞中，一边吃巧克力，一边恍惚地回忆和猜想男友的事，不管时间多么难熬，会一直坚持等待，直至最后得救。

所谓的勇敢的男人，换句话说，是没有耐心、经不住恐怖、不争气的男人。

＊

去外国更能认知女性的环境适应力比男性强。

住在外国的大部分男人,踏上那片国土已有些年头,却总是抱怨:哎呀,这里的食物难吃呀,不合口味啊。或者忍受不了这个国家的某些生活习惯,接二连三地流露出不满。最后会说还是日本好。

假如是女性,没大有人会发这样的牢骚。她们也会相应地眷恋故乡或亲人,只是想早点回去见面,对于饭菜和生活习惯没有挑剔,好像比较适应那块土地,与外国人相处也相当融洽。

一看到这种现象,就觉得男人环境适应力很差,女人要强得多,女人更有生命力。

我认为正是女性的适应力强,才宜于出嫁。

假如我们男性像女性那样嫁到别人家,结果会怎样呢?嫁入妻子家,侍奉妻子的父母,听任妻子摆布,不仅限于此,从家规、习俗到食品的味道,一切都要符合妻子和其家人的要求,有多少男性能忍受得了呢?

当然,男人也有入赘的情况,但仅仅是形式上的区别,实际上依然以男人为中心,与女性出嫁相比,只是栖居地不同。

据说新娘礼服的白色和服罩衫表达的都是一种意思,即可以按照丈夫的意愿随意地染色。虽然这是陈腐的观念,直到现在仍有不少只要嫁给所爱的人,就心甘情愿这样做的女性。

我大学时代的一个女性朋友,曾经是个很英勇的左翼斗士,后来与一个实业家相恋,思想很快变节,屈从资本家们的意见,庇护他们的利益。她在短短的几年内,竟有能力完成这种完全的变化,真叫我佩服。

男人尽管说各种勇敢的话,讲进步的道理,但从根本上说,还是相当保守的。我认为,这可能是由环境适应能力差所造成的。无论男人觉得自己有多么了不起,终归是被自己出生的土地或母亲用锁链拴着,不过是一边吼叫,一边徘徊。不会做出像女性那样毅然决然地挣脱锁链、扎根于他乡的大胆举措。

的确,女性强大的环境适应能力是克敌制胜的法宝,我们望尘莫及。突然想起"适应能力越强,在生物学方面就越低级"的这种发生学原理,略微有些畅快。仅此而已。

*

脱离两个女性在雪山遇险的正题,天南海北地讲了许多。到这里要做一下总结,或者说复习一下。

其一,对于寒冷,女性在滑嫩的皮肤下积攒着很多脂肪,御寒能力要比男性强很多。

其二,对于饥饿,女性可以将其所蓄脂肪转化为热量,本身热能消耗又少,体力要比男性耐久很多。

其三,女性环境适应力强,不像男性那样刚愎自用,耐不住等待的恐怖。能在猛烈的暴风雪中不鲁莽行事,耐心待在雪洞里等着放晴。是根据气候的自然变化,让自己顺从地适应它。

这样总结一下,就能对两个女性在雪中的北阿尔卑斯山幸存了两周的事情,给予客观评价。既不用特别惊讶,也不用特别赞赏。就像横纲赢在前面那样,是毫不稀奇的。

话是这么说,报刊大肆报道这件事儿,证明男性编辑们仍在高估同性者的力量。

其实,男人既没有像样的脂肪,也没有忍受不安的持久力,却十分逞强,总想显露自己好的方面。特别是女孩儿在身旁,这种倾向愈加强烈。

男人是沾沾自喜、自以为是的性别。

男人虽然爱摆空架子,却也有可爱之处。

难以原谅的是女性。女性经得住寒冷、饥饿和环境的骤变,却总是站在被男人保护的一边。好像她们清楚男人显示强大、保持体面的本性,便装出害怕或撒娇的样子来挑逗男人。

导致女人出现这种情况,理应是男人不好。男人争着向女人示强、示好,女人会顺势依赖男人并向前靠拢。

女性们本来既不羸弱也不纤细,却依赖男性,把责任和担子向男性推诿。男人们本来既不稳重也不坚强,却对被依赖而心满意足,坚持着为她们服务。

我上大学时,待在北海道,与同学们一道去一个叫尼濑古的山上滑雪,遇到了轻微的暴风雪,只好躲在山的背阴处等待天晴。

我有个有点喜欢的叫 I 的女性,当时喊"很冷",并挨近了我。我脱下风衣,悄悄地搂住她的肩膀,说:"要是可以的话,就把这个披上!"说完,我就把我的风衣盖在了她的风衣上。

假如暴风雪再肆虐一阵子,也许就会出现这种结局:我冻死,她健在。

奇迹的恢复

说到手术,有件事怎么都忘不了。那是我刚当上医生,结束实习后第一年夏天的事情。当时,我出差到距北海道钏路一个多小时路程、居于深山里的一个叫雄别煤矿的医院,做帮助工作。

这座煤矿早已关闭。如今一到傍晚,乌鸦和野狗就横行肆虐,成了面目皆非、无人居住的鬼城。我去的时候,大概在昭和三十四年(一九五九年)前后,那里当时还是个人口近一万、热闹的煤矿城市。

我在那里偶尔值班。一天傍晚,突然有患者请求出诊,根据电话上介绍的情况,患者从早晨开始剧烈地腹痛,喝过几种止痛药,基本不见好转。

可能是很严重的情况,姑且带着几种止痛注射药去看看。

患者是个年龄三十岁上下、身材有点矮小的妇女。她面色苍白,腹部膨胀,一直低沉地呻吟。有时会出现急性休克状态。我赶紧给她测量血压,指标接近零。听诊呼吸声也几乎听不到。一定是内脏破裂,引起了大出血。

于是询问她的丈夫,说是患者有着四个月的身孕,今天早晨突然开始难受,后来捧腹喊痛。

我听到这种情况,惊讶并发愣。为什么呢?因为可以初步判定为是宫外孕导致的输卵管破裂。

患者和她的丈夫,在医学上都是外行,不懂得该病的复杂性和严重性。但应该能够分辨这和单纯的吃东西过量或腹泻时的疼痛有所不同。对于面色苍白、神志时断时续而一味呻吟的患者,只给吃药而不送诊,是过于轻率的。

尽管如此,这个妇女很能坚持。从早晨八点左右开始难受,到我出诊到此的傍晚五点,长达九个小时。在此期间她一直忍受着剧痛和内脏器官大出血而顽强地活着。

肯定是输卵管破裂,胎儿向腹腔突出,继而无数血管破裂,大量血液溢出腹腔。她只是喝了止痛药躺着,完全没有采取止血手段。

现在血不出了。因为该出的血已经出来了,血压接近零,心脏已经没有推出去的力量了。这是腹腔中淤积的血块增加容量、自然压迫出血部位的结果。

在这种濒死状态下,这个妇女竟坚持了九个小时。

*

对于因大出血引起的急性休克患者,最有效的治疗办法是输血。从医学上看,似乎有点难度,但原理很简单,大量涌出血,就要大量输入血,仅此而已。

医学之难不在于原理,而在于应用。当时的情况急需输血,可没有各方面的准备,尤其缺少重要的血液。

作为代替血的东西,出诊包里只有百分之五的葡萄糖液体。没办法,不得不将输着液的患者抬上救护车,拉到医院,迅即推进手术室,并利用煤矿的广播喇叭征求人们献血,尔后将取得的鲜血依次输进患者的静脉。

这么说,听起来好像是我步步为营,做得很漂亮。其实不是这样。

和我一起出诊的、一个叫K的外科主任护士,是个很有经验的老手。当我惶惑不安地摆弄着听诊器,有些不知所措时,她果断地对我说:"大夫,咱带着葡萄糖液体,要补液啊。"欲把患者送医院时,她提议:"把门板铺在被子底下,移到车上去吧!"

总之,她在适当的时候,给予准确的暗示,我如同服从上司般对其他人下命令:"就这样!""就这样吧!"

在关键时刻,有人帮我,还是多亏了我平时请老练的护士们吃拉面或点心。如果新上任的医生遭到她们讨厌,那就完了。

想当初,我去乡下的医院实习,摆出医生才有的威风凛凛的架势。给患者听诊时,听诊器里什么声音也没有,觉得不对头,又不方便在患者面前直说,就装出听到了的样子,在胸脯上移动着听诊器。身旁的护士问:"大夫,怎么样?"

护士问什么,我也听不到,只看到她的嘴在动。没有办法,我装出听诊已毕的样子,流利地背出以前的带班医生记在病历上的听诊结果。

患者走后,我将听诊器按在自己胸部试了试,也听不到心脏的跳动声,觉得不可思议。我打开听诊器一看,连接听诊头的管子里满满地塞着棉花,根本不传导声音。

这完全是用心不良的恶作剧。我非常生气,训斥身旁的那个护士,周围的护士们都嘻嘻地窃笑。女人们真的可怕。

忆当年的事离开正题了,还是回到抢救现场。我按照那个有经验的护士的"指示",给女患者输氧、输血、补液,等着血压恢复。

*

人的总血液量是整个体重的十三分之一,流失三分之一的血,人就会死亡。这是生理学的基础,就是相当不爱学习的人也知道。

假如现在有个六十公斤的人,十三分之一血液的重量大约是四点六公斤,也就是说约有4600毫升的血液(这是按1毫升为1g的比重换算,严格来说,多少有点差异)。这个人失血三分之一,即1500毫升,就会死亡。

雄别煤矿的这个妇女,在女性里面是中等身材,我觉得体重有四十五六公斤。占体重十三分之一,也就是血液三分之一的数量,就是1200毫升,最多1300毫升。

如果对这个妇女的情况,既没输血也没补液,任其出血,那么出血1200毫升或1300毫升就会死亡。

我接诊这位妇女时,已因出血量太多而呈休克状态。怀疑是子宫外孕,就有必要打开腹腔,把输卵管破裂的部位缝合,将出血的元凶——胎盘取出。不这样做,出血就不会停止。

然而,血压过低,不能剖腹,人已经处于濒死状态。如果再剖腹,增加心脏负担,就会加速死亡。当务之急是继续输血和补液,等收缩压恢复到接近一百时再剖腹处理。

严重失血的这种处置,大体是外科手术的原则,就连学习成绩不怎么好的我,也早就知道。

在煤矿医院,我立刻按照这一原则下医嘱输血。当地没有血库,通过煤矿广播来征求人们捐血,涌现出不少血液提供者。这体现出了具有连带感的煤矿城市的长处。

于是,大家忙于验血、采血,将新鲜血液连续不断地输入患者的静脉。说实话,我不认为患者会趋于好转。一个血压几乎为零、连续呻吟了好几个小时的人,即使现在注入新鲜血液,也不可能那么简单地复原。

"可能不行了,只能试试看。"

我这样对她丈夫说,要他准备死别前所要说的话。

可是,结果怎样呢?这位妇女输液十分钟后,脸颊开始微微发红,二十分钟后,神智复苏,轻声说:"救救我!"三十分钟后,血压恢复到近百。这时,体内已补充了2000毫升血。

*

一个没有血压、连续几小时神志不清的女性会苏醒,与其说是令人感到惊讶,莫如说是令人感到恐怖。

要说我那时的心情,觉得是陷入了一种毛骨悚然的恐怖当中。

说实话,我原先以为女性柔弱而没有耐力,多少出点血,很快就会陷于昏迷,像蜡烛燃烧一样,面孔慢慢地变为苍白继而死去。

现实是怎样呢？这位女性忍受了长达九小时的大出血，像从地下坟茔中爬上来一般地苏醒了。

说得稍微夸张点，从这时起，我的女性观发生了天翻地覆的变化。

可在当时，没有表达感悟此事的时间。必须等患者血压恢复到适宜，然后马上开始剖腹手术。

然而，我所学的专业是整形外科，那时只会做阑尾炎手术，对于剖腹完全没有自信。

突然要做宫外孕清除手术，可是不得了。这家医院并非没有妇产科和外科，妇产科医师偏巧去参加学术研讨会了，外科医师周末休班和家属一起外出了，均联系不上。

如从这家医院转到最近的钏路医院，需要一个多小时的车程，这样危重的病人，恐怕也经受不起路途的颠簸。

我问那个资深护士："怎么办？"她目光严厉、斩钉截铁地说："只有您在，您来做吧！"

现实情况让人无奈，目前在这个人口近万的城市里，只有我可以勉强拿起手术刀，来做剖腹手术。

自我确定后，我急急忙忙翻开妇产科的书，温习当年所学。上学时，我的妇产科考试成绩不算差，但没涉及过宫外孕。

书上的彩图，画有子宫，子宫左右有输卵管，找出了容易破裂的大致位置和形状，设想把这里和这里连接起来……并拼命地想要记住。实话说，那毕竟是书本上的知识。

人体实有器官和书上有很大的差异，尽管在整形外科领域不厌其详,即使记得住,也难以产生自信。

不久,护士通知说手术室的准备工作已做好。

没办法,我坚定信念,朝手术室走去。当然,在这之前,要向有经验的主任护士 K 深深地鞠个躬,说:"请多关照!"

*

果如预料的那样,这位女性的腹腔中,是一片血海。因为从早晨八点到傍晚五点一直大出血,被搁置了近九个小时,也难怪。

我马上开始清除腹腔内的血。不是用纱布慢悠悠地汲取和擦除,而是用外科手术室里那种叫"浓盆"的椭圆形金属盘子向外舀。我们经常用那玩意舀血。简直就酷似舀水工的舀血工。

出血经历了漫长的九个小时,一部分血液已经凝成了拳头那么大和幼孩头那么大的、黑色的血块。

当看到血块的一瞬间,我的膝盖开始哆哆嗦嗦地颤抖。这只是平庸的表达,其时初次体验到:人真的是一害怕膝盖就会颤抖。

可也不能总是颤抖。患者的血压在连续不断地下降。刚打开腹腔,血压就有所下降,清除了腹腔内淤积的血块,又有新血开始往外涌,血管内的压力进一步下降。

护士通过患者的两条胳膊,以最快的速度连续地输血和补液,然而,怎么也赶不上流出的血多。血压从一百往下降,很快就降到六十、八十,最后跌破四十,心脏跳动的声音几乎听不到。

这样,每量一次血压,都要烦劳年轻的护士。我和 K 主任护士专门做剖腹手术,心里觉得有些不安。

如果这是大学医院,会有几个专门的医师一起做手术,全身麻醉工作交由麻醉科的医师处理,心情与当前是不可比拟的。但目前是特别救急,不能有这种奢望。

继续清除涌出的鲜血,确认主要的出血部位,想方设法止住血。

然而怎么清除,血都会涌出来。我说过好几次,我的专业是整形外科,对于止住从动脉如喷泉般喷涌而出的血,多少有点自信。当下,从破裂的胎盘中涌出来的血,简直像洒水车洒水一样,没有力量却洋洋洒洒,也像在草坪上滴溜溜的洒水器摇着头洒水一般。

只能不停地清除污血,不一会儿,我从腹中正下方看到了圆圆的、略带黄色的器官,觉得好极了,立刻喊道:"子宫!"

这时,有经验的K护士开口了:"不是,是膀胱。"

*

常言道:"见闻有所不同。"的确如此。我在手术之前,几次翻看书上的彩图。但打开腹腔一看,书本上的知识完全不起指导作用。

"在像三味弦拨子状的子宫左右,有像偶人衣袖一样分出来的东西,那就是输卵管"……就是能够照本记住,观察实物也不是那么简单,周围还有各种各样的器官。况且当时面临的是血海。

读百卷书后做手术,不如先行实践再读书。因为手术与其说是通过大脑记忆,莫如说是通过实践记忆。手术技艺通过被前辈训斥、打手或用手指戳脑袋,才好歹记住,这一点,和捏寿司或做鱼一样。

虽说自己是第一次做腹部手术,却弄错了膀胱和子宫,有点太过分了。想起来觉得很可耻。

不用说,新上任医师尚未铸就的技术威望,瞬间暴跌了。

不过,硬要作自我辩护,从客观上找原因。那就是当时的我,真的被大出血吓坏了。一心想快点找到子宫,慌忙之中产生了错觉。

这时,患者的血压已检测不到。倍感寂寞的是,患者既不说"疼",也不说"难受",而只是发出低沉的哼哼声。

既然已经找到了膀胱,子宫肯定在它的下面。我沾满鲜血的手,进一步向深处探测。

不一会儿,从圆圆的膀胱下露出了厚墩墩、微白色、像鱼糕般的子宫。

这就太好了！只要从那里顺着输卵管找到出血部位就行。然而,结果使人意想不到,这不是子宫外孕。

胎儿好好地待在子宫里,破裂的地方在子宫上端(正确地说),即三味弦拨子头上的那一部分。因此,病患结论应该说是"子宫破裂"。

这种情况是少有的。连专门的妇产科医生也很少见到。而我施行的第一例手术,恰恰就是难以遇到的"子宫破裂"。我是应该说幸运呢,还是应该说不幸呢？

这是后来才知道的,这位妇女曾经做过九次人工流产。大概每次做人工流产都要被刮宫底,子宫壁变得很薄,胎儿发育到四个月时,子宫已经脆弱得支撑不住了。

*

我在手术之前,读的是医学书上的子宫外孕项目,完全没考虑子宫破裂。

然而现在打开腹腔,情况出人预料。不管怎样,首要的是止住从破裂的子宫里流出来的血。只要止住血,好像就能挽救濒死状态中的患者。

如果是真正的妇产科医生,定会把手从破裂的窟窿塞入子宫之中,将胎盘取出来。只要取出胎盘来,子宫收缩,出血自然就会停止。这也是很自然的道理。

然而,做这件事,我没有很大的自信心和勇气。刚小心翼翼地把手塞进去,就觉得有种难以名状的温热和黏滑,害怕再次引起剧烈的出血,急急忙忙把手缩了回来。

大概专门医生也是这样强行把胎盘取出来。我是新上任的医生,而且专业不同,没有临床经验,心里也没底,双手一味地颤抖。这期间,患者的血压进一步地下降,一直发出微弱的呻吟,并开始轻微地打哈欠。

打哈欠就是要死了。我认为她已经不行了,似乎一个妇女的寿命终于到头了。

自己的心情突然放松了,自暴自弃的念头油然而生,反正怎么处理都行,就胡乱把子宫给她缝上!

"往大针上穿粗丝线!"我命令护士。

接着,从护士手里接过针来,开始进行子宫缝合。

这也是个不得了的工作。因为子宫破裂出血的部位,胎盘、宫壁都很薄,必须小心翼翼地穿针引线,如同在缝破破烂烂的布头和碎片。

事到如今,只能这样做,别无他法。即使她不能得救,腹腔洞开着,血流着,人咽了气,有点太可怜。再说,我也没脸见人。

因而我拼命地干,尽量地往好处干。宫壁多个破裂之处,就由小到大、一个一个地缝合。破裂的地方渐渐地缩小,随之出血量也逐步减少了。

出血减少,破裂部位更易于看清楚,缝合速度加快了。大约过了半小时,大出血总算止住了。

这时,子宫像个被塞进圆筐的罪人,上下左右均用粗丝线捆绑起来,收缩成了一个比拳头略小的肉球。

*

止住了子宫出血,我赶忙缝合肚子上的真皮与表皮。

不用再问"血压多少",问也是零,这很明确。从将膀胱误以为是子宫时开始,心音就已经听不见了,血压为零已经持续了二三十分钟。

缝完了肚子,一看患者的脸色,苍白得吓人,想不出人竟能变得这么白。

我吩咐护士继续给患者输血,同时输入含营养素和消炎药的液体,每十五分钟量一次血压。这只是象棋上所说的"整理死局",并没指望出现奇迹。

然后,我离开了手术室。感觉累了,想去值班室休息一下。

还未走进值班室的门,等在走廊上的患者丈夫马上跑了过来。

"怎么样?"

"该做的都做了,还是不行。"

我必须实话实说。

"手术是结束了,也比较成功,但要做好最坏的打算。"

术前,我曾对他说过"也许不行",他好像没表示惊恐,只是点了点头,又在走廊上的凳子旁蹲坐下来。

我躺在值班室的沙发上,呆呆地注视着窗外的天空。进入手术室前,天还很亮,现在已经黑了,远处的矿渣山上,悬挂着淡淡的月亮。

这是我有生以来第一次体验重症患者术后的将亡。上大学时,曾在附属医院里经历过几个人的死亡,但都不是我负责诊治,也不是我直接做手术。这个妇女是我亲自做手术、面临死亡的第一个人。

我正在沉思手术过程的妥与不妥,值班室的电话铃响了,传来护士的声音:

"血压依然没有上升。"

"是吗?继续观察。"

我首肯护士们的功绩,叮嘱有变化马上告诉我。然后放下听筒。

大约过了十几分钟,电话铃声再次响起。听筒里传来佳音:

"大夫,血压上来了。"

"什么?多少?"

"现在四十。"

"真的吗?"

我立刻感到心情振奋,迅即朝手术室跑去。

*

这世上竟会发生令人完全难以置信的事情。

我一生经历了两次相当大的震惊。一次是当上医生的第六年,一向健康的父亲突发心绞痛,溘然长逝,自己惊讶得说不出话来。一次就是之前医治这位女患者时的体验,两者震惊程度十分相近,只不过父亲的情况是由生至死,其内容正好相反。

不管怎样,我赶紧跑到手术室,那个患者正仰卧在手术台上,低沉地呻吟着。

我从护士手里夺过听诊器,马上调整了血压计,打气加压至上百,血压从八十降至六十,再接近四十时,我耳朵里清楚地听到了动脉搏动音。

没错,收缩压至少有四十二三。

一瞬间,我感到毛骨悚然。为什么呢?这个患者在今天早晨八点多钟,因子宫破裂引起腹内大出血,前后被搁置了九个小时,傍晚处于血压为零的濒死状态,极为危险。然后通过输血,使血压恢复到近百,初始剖腹,血压再次骤降为零,最后连呻吟声也发不出来,脸上呈现出没有一点血色的死人状态。

我分析了前后的情况,觉得没法救了,让患者的家属放达观。

大大出乎我的预料的是那个人竟然在不到半小时的时间内苏醒了。

真的会有这种情况吗?我半信半疑,再次测量血压,仔细观察患者的脸色。这次收缩压仍为四十,白皙的脸颊上微微地泛起红色。

这时候,我的心情相当复杂。

一度想放弃的患者能苏醒,当然是件非常令人高兴的事儿,但是,我曾对患者家属说"不能得救",表明我的立场是微妙的。现在可以说是误诊。从预计错了这种意义上说,算是误诊吧。

又过了几刻钟,我确信这个死里逃生的人没问题时,才开始担忧起来。我看着患者的脸庞,感到有些不可思议,也感到毛骨悚然:这个手术台上的仰卧者究竟是不是人呢?

从与死神相遇,或者说从死本身的状态复苏的那种生命力是什么呢?从两次血压为零的濒死情况下挣扎出来的那种坚强又是什么呢?在思考这些问题的过程中,总觉得心里发凉。

*

也有医生认为不可救药而放弃治疗的人慢慢苏醒的情况多半是以下两种原因:一是医生过于简单、草率地放弃治疗,二是患者的生命力异常旺盛和顽强。

这位妇女的情况应该属于哪一种呢?似乎应当属于后者。我并不是为自己辩解,当时我确实认为她必死无疑,绝对不会得救。

因为她在休克状态中,持续了九个多小时,血压两次为零。腹中的血是像舀水工那样,用浓盆舀出来的,我清楚地记得她至少失血1500毫升。对!还有流到地板上和粘到手术衣上的血,加起来应该超过2000毫升。

如前所述,人的血液总量是体重的十三分之一,失去三分之一就会死。而这位身材有点矮小的妇女,流出1200毫升血,按理来说是不能得救了。

尽管在抢救期间大量输血,却为时已晚,而且是一点一点地从静脉滴注的。怎么也追赶不上像涌泉一样出血的速度。

因为教科书上说人失血三分之一就会死。我据此对家属说出"不能得救"的话。当年我在医学部的成绩不怎么好，却唯有这些东西记得清楚。

我不是简单、草率地放弃治疗或匆促、慌张做出错误判断的。

只是这个患者没有像教科书上所说的那样因大出血而亡。不，这种说法有点牵强，应该说患者的生命力具有常人难以想象的顽强。

我用惊异的目光注视着眼前这位妇女白皙并有点胖乎乎的脸，完全觉得不可思议，心里想：现实中果真有这种奇迹发生。

这位患者的恢复是很出色的。过了一个小时，血压升到近七十，她开始发出有些娇滴滴的声音："大夫，我很难受。"又过了两个小时，其神志完全恢复了，张口说："大夫，谢谢！"然后紧紧地握住我的手。

"好！"我随声附和，却略微感到有点被不是人的人握着手的可怕。

两天后，妇产科的医师回到医院上班，我立刻向其诉说这个妇女的详细情况。说到手术时，略带不满地示意："流了一半多的血，却没死。"于是，妇产科医生脸上露出当然的神气，慢条斯理地说："因为她是女人！"

*

医学书上一般常说大人和儿童的差异，不怎么说男女之间的差异。

比方说，介绍药的服用剂量，"成人一天一次，一次二至三片，儿童一片（或'减半'）"，看不到"成年男子二至三片，成年女子一片"之说。

考虑一下，这也难怪。因为药量一般是按体重计算。比如，体重三十公斤的人服用一片,那么,六十公斤重的人就需要两片。

如果区分成人和儿童(此处儿童的定义比较难下,姑且到中学生),大致可按体重计量,大人重,儿童轻,倍数等等不一。如果区分成年男女,体重就成了不可衡量的指标。世上也有妻子身材大于丈夫的情况,特别是人到中年,心宽体胖、妻子身体重于丈夫的现象比比皆是。因此,如果仔细划分为"二十岁以上的成年男子每次三片、成年女子两片。四十岁以上与之相反",仍然不合适。

因此,让成人服用二至三片的服药说明,具有弹性,身体重量大的人服用三片,重量小的人可服用两片。

以上是服药说明书的情况,与医学相关的各种检验数据,也标志着男女的差异。

比方说,验血时被分离的红细胞数量平均值,成年男子为五百万,成年女子为四百五十万,男人多出五十万。表示血液浓度的血色素平均值:成年男子为十四至十八克,成年女子为十二至十六克。男人多出两克。

关于人出血的致死量,在各种各样的医用书籍上,都说流失血液总量的三分之一就会死亡,没有说男女之间会有差异,因此可以理所当然地认定男女皆适用。

可是,我在乡下救治过的这个妇女,流出了全身血液的一半以上,却从容不迫地得救了。我认为发生的是奇迹,因而得意扬扬地告诉妇产科医生,人家却极为自然地阐明"因为她是女人"而毫不介意。

后来又遇到过几个重症患者的死亡,男性患者大致三分之一的出血量就如期死亡。要说"如期"嘛,有点荒唐,按照教科书上的准确说法,是"咽气"。

总之,男性死的时候,会捍卫教科书,女性则不捍卫教科书。

*

女性经得住出血,从其生理考虑和分析,也许是理所当然的。

虽然这一理由并没有从学术上得到证实,但是我仍认为主要原因是女性担负着孕产这一特殊职能。

现在的孕妇,基本上都能在医院里安心地分娩,在过去却是件相当危险的事。近代医学被普及之前,因分娩而死去的妇女达到了相当的数量。

如果担负这种特殊职能和重大使命的女性,出血致死量与男性相同,那么,女性的数量就会减少。在原始时代,女性的强壮对于生儿育女、繁衍子孙来说,是不可或缺的条件。

换句话说,女性对于出血的潜在能量和疼痛的忍耐强度,可以说是生理上自然具备的防卫措施。造物主将男女都造就得很高明。

如果允许我发点牢骚,那就是防卫措施的男女有别。现代社会条件下孕产,已经没有多少危险了,仍然让女性继承体魄的强健,稍微有点不公平。如果上帝平等地重塑这一点,我觉得因交通事故出血过多而死亡的男性人数就会减少。

这一点暂且不谈。女性对于大量出血有耐受力,好像是外科医生和妇产科医生共有的体会。我问过很多人,大家几乎异口同声地说:"嗯,女人对于出血的耐受力确实很强啊。"

女性到底有多大耐受力呢，谁也说不出确切的数据。只是觉得有耐受力，而没有证实的数值。

我曾想罗列事例来证明它，依然不行。作为人的女性，到底出多少血就会死呢？要做这种试验，必须牺牲相当多的女性。

大概是在那种既不输血也不补液、大量出血致死人口较多的历史年代，得出失去血液总量三分之一就会死亡的结论，现在怎么也难以证实。如果做这种实验，就要被控告为杀人罪。

现在思考一下，所谓的三分之一，应当是宝贵的数据。当年因大量失血而死亡的人，绝大部分是因战争、灾祸等受外伤的男性，因此，数据是根据男性的死亡事例采集的。

可是，男女有别。从男人身上采集的数据，不足以表现女性特征。女性确实具有男性所缺乏的抵抗力。我没有抛弃找机会改写医学书的愿望："人的出血致死量，男人为血液总量的三分之一，女人为二分之一。"

第四章

疼痛的实验

回想一下，我从小就很崇尚女性，同时拥有某种类似于恐惧的东西。尽管崇尚女性的温柔、美丽与纤弱，又不止于此，似乎感觉思想深处有种男性无法把握的可怕。

这用别的话说，是男人对女人所具有的直感。没有足以说明的根据，只是模模糊糊地想象。

从少年期到青春期，再到青年期，这种感觉逐渐变得强烈，但仍然难以抓住那个缘由。

在我结束实习期、当上医生之后，才作为明确的事实有这种体会。

我作为外科医生，给相当多的男女患者做手术，术前男女对疼痛的反应，因性别而截然不同。

我原先曾单纯地认为女人比较怕疼，男人的耐受性强很多。

实际上，这只是肤浅的认识。给病员做静脉注射或更换纱布时，女人会露出很疼痛的表情，甚至发出"啊！"的惊叫声。而男人大多闭上眼睛，最多紧紧地咬住嘴唇，没有人惊叫或把胳膊抽回去。

在此说一下,我并非对异性的女人粗暴,对同性的男人和蔼。而是对女性特别关照,换一块伤口的纱布,也特别谨慎,轻轻地蘸上水溶液,慢慢地更换。尽管如此,女患者丝毫不理解我的好意(也许知道),夸张地喊叫、咧嘴或发怒。

新上任的我,好像做了什么坏事似的,一边说着对不起,一边轻柔地操作。

通过这种过程的反复,我发现女性比男性怕疼,并不是因为神经灵敏,而只是表现力丰富,换句话说,是过分夸张。

男性忍着疼,不明确地喊"疼";女性则是直率地表达感受,大声地喊"疼"。

不知是幸还是不幸,好像幼年时代被母亲灌输的勇敢意识和羞耻心,至今仍流淌在男人们的血液中。

*

以怕疼为耻而忍耐,是无妨的,但疼痛并不是仅靠精神力量就能忍耐。无论怎样拼命地忍,额上总会油汗滴淌,疼痛也不会得到丝毫减轻。

岂但如此,如果在痛苦时直率地喊"疼"并啼哭,或许会带来些许的快乐。

这一点只是对女性说,她们对于生理反应的表达,是很直率的。不像男性那样,具有咬着牙勉强地忍耐,以维护名誉的那种构思。

可以说女性既非怕疼,也非爱哭,只是直率地表达疼痛的感觉,或许说只是表达得有些夸张而已。

这不是指注射或者更换纱布这类瞬间的轻微的疼痛,看看疼痛异常剧烈且持久时女性的态度,就能够加深理解。

在人们所能感觉到的疼痛中,如果是腹内剧烈且服药不能缓解的疼痛,可以认为是胆囊结石或肾结石所引发。从这些相对较大的石块,从很细的管道中穿过这一点上看,与从产道分娩的状态很相似。

胆囊结石引发的疼痛近似于心绞痛,当疼痛发作时,患者面色苍白、额头冒油,疼得满地打滚,露出要下地狱的面相。即使是性情豪迈的男性,也会不顾体面地大声呻吟和哭嚎。治疗这种疼痛只有借助麻醉药的力量,除此以外,别无他法。

这时女性会什么样呢?不用说,女性也是一样疼得满地打滚,脸上泪汗交加,更会哭嚎。也可能是自己的心理作用,总觉得女性的痛苦要比男性舒缓一些,表情要比男人多几分从容。

说实在话,看到女性的情形,总有点被欺骗的感觉,也觉得不可思议:"注射或更换纱布时那么怕疼,那种样子,现在却……"似乎有些不合逻辑。

由此来说,女性对轻微的疼痛夸张地予以反应,对猛烈而持续的剧痛却意外地耐受,其中似乎有种难以言说的奥妙。

当然,这一点也因人而异。可能有人会说:"那个人这样,我可不是。"一般来看,女性经得起真正剧烈的疼痛。

正因为这样,女性才胜任分娩这项职能。假如男性负责分娩,我就会担心:中年以上的半数男人,会不会因此而昏迷,继而变成痴呆,或是死掉呢?

*

下面所说的情况,在这种光明正大的文章中公布出来,似乎有点不合时宜。但,这是十年之前的事情,已经丧失了多种效力,故而决定如实地说出来。

当时,我正处于疑问之中:女性对于疼痛的忍耐性要比男性强吧?

想要具体地证实这一点,是相当有难度的。我做过几个手术,有一定体会,觉得是这样。

怎样才能加深认识呢?我思来想去,决定在做手术时验证一下。

所谓的大学附属医院所做的手术,一般来说,是大的多,小的少。也有像跟腱缝合或者臀部肿瘤摘除等比较小的,这种手术一般施行局部麻醉,对于不宜于人体健康的麻醉剂,我有时用,有时不用,用时适当调节一下分量,观察其反应。因为要验证男女感受之别,后来的手术特别用心。

请不要误解!我这样说,并不是不用麻醉剂就实施手术。只是在动刀以前,用针尖扎一下患者,或用镊子镊着其皮肤,问其疼不疼。

结果确如我之所料。男性能根据麻醉剂使用数量的多少,相应地回答"不疼"与"疼"。女性的回答则相当含糊,用了很多麻醉剂的说"疼",用了微量麻醉剂的却说"不疼"。

完全没用麻醉剂的,用针尖扎一下,她也只是歪着头,脸上露出难以理解的表情。

由此了解到,女性对于麻醉剂量的反应因人而异,但却普遍擅长暗示。

假如不施麻醉剂,主刀医生充满自信地说:"哎呀,没问题。这种手术不疼。"再问:"不疼吧?"那么,她真的会说:"不疼。"好像对精神的信赖比实施麻醉的药效更起作用。

这一点,并不对所有女性适用。对瘭疽这样剧烈的疼痛也难有效力。但是,女性在一定的状况下,确实可以通过暗示或信赖减轻疼痛。

而对于男人来说,总是照理走,有点不招人爱。无论他人怎么说"没事儿",只要对没实施麻醉的部位动刀,就会喊:"疼!"

男人的性格,怎么这样一本正经和毫不含糊呢?

*

男人和女人同为人,神经的分布并没有特别的不同。解剖书上说,男女的内脏和血管位置相同,只有生殖部分不同。既然神经分布基本相同,为何一方对疼痛比较敏感,另一方却感觉迟钝呢?

大致可以考虑两种情形:一种是尽管神经分布位置相同,但感受性不同;另一种是在看不见的范围内,神经的数量有点不一样。

无论哪一种情形,都没有从医学上得到明确的证实。与其这样说,莫如说基本上没从医者思考这种荒唐的事情,也没有必要重新探究这样的课题。

我确实觉得女人比男人更能忍受疼痛,虽然没有确切的数据,但根据我使用麻醉剂的小小实验结果,可以初步得出这样的结论。

我曾经对前辈的外科医生说起这件事。这个人是副教授,很聪明。他对我付之一笑:"男人和女人都是一样的人,怎么会有那样的差距呢。"

的确,医学书上没写"男人和女人对于疼痛的感受性不同"。对于麻醉剂的注入量,也只标注体重多少公斤注射多少毫升云云,区分成人和儿童,成人不分男和女。

好像从属于权威认定:既然两者都是同样的人,就不会有明显的差异。

不知为什么,我总坚持自己的认定。而且觉得女人能忍受沉重且强烈的疼痛,与其单纯地说是能忍,莫如说是具有将疼痛转化为其他感觉的能力,或者说是女性具有男性所没有的特异功能。

如果实际上不是这样,女人就不会一边忍受着生孩子的痛苦,一边说要再生一个。

女人是不怕疼痛才担负分娩这种职责呢,还是担负分娩这种职责才不怕疼痛呢?答案不得而知。反正女性能够忍住分娩痛苦所必须具备的坚强,是一种独特的东西。

女性确实具有令人不可思议的特点和不可理解的性情,也能营造有悖教科书学说的客观现实。

比较容易弄懂的还是肉体,想要深钻细研其精神所在,也许是欠妥的。

*

关于疼痛,男人是不正直的动物。女人疼的时候就说疼,耿直地咧嘴大哭;男人则闭着眼睛忍住,勉强地装作不怕疼。

要是男女同样不怕疼,那另当别论。实际是男人更弱一些,却不甘示弱，实际够受的，看着让人可怜。

我这样说，似乎和自己无关，假如我遇到这种情况，也想尽量地忍耐，做得漂亮一点，所以不能说太大的话。

话虽如此，男人们怎么会这样逞强呢？逞强并没有赚到任何便宜……

原因是男人们出生后不久，就被灌输一种何以为"耻"的观念。

男人们都是在激励或鞭策中成长的："为这点儿事就哭，会让人笑话！""男孩儿要坚强地忍着点儿！"长大成人后，铭记着一个做大男人的道理："你是个男人，理所当然地要比女人强。"

战后男女平权，这种思想有所淡化，但是"男人应该比女人强"的观念依然根深蒂固。好像无论世上如何变化，这种观念一定要持续下去。

重新思考一下，这是相当残酷的成规。只有女人可以在痛苦时喊"疼"，可以哇哇地哭，男人却不行。这是谁规定的呢？为何只有我们男性痛苦时不能大放悲声呢？

伴随着时代发展，女性原先所受的歧视，接二连三地被取消了。只有男人仍在遭受这样的歧视，是不公平的。

因为这种成规主要是挑战疼痛这种生理现象，所以痛苦的感受格外强烈。不，不仅是疼痛，如前面所说的那样，男人对于寒冷，对于饥饿，都缺乏抵抗力。硬要让男人坚持，根本受不了。

如果不悖逆生理的、自然的东西，男人疼痛时也大声哭泣，到最后关头，张着嘴、流着口水昏过去，那该是多么享受呢？如果男人绝对地顺从于生理,寿命就会相应地延长,何必硬要去维护那种"耻"的伦理呢?

我这样发牢骚,也许女性们会反驳:"这样的事儿,没人强迫,男人可以随性而为嘛!"

然而,历史不能忘记,给男性灌输"男孩儿要忍耐"的,是名字叫作母亲的女性。

*

人在疼痛时明确地说疼,其性情是正直率真的。顺从自己的生理,对身体来说有益无害。在这种意义上,站在男人的角度看,女人的性情是令人羡慕的。

这么说,女性们也许会否认:"我们也不是多么单纯啊,有时控制着自己的情绪,把很多想说的话咽下去。"

在抑制情感这一点上,女性比男性要复杂得多,经常出现想说的话不说出来,用别的方式来表达这类情况。

当然,这些情况表达的是喜悦、悲哀或憎恨这类情感方面的东西。不同于疼痛、发痒、难受等与生理相关的东西。

确实,女性在情感表达上是相当曲折而复杂的,尤其是生理感觉的表达,令人惊讶地率真而正直。不禁使人生疑:这是那个有着错综复杂心理的人吗?

作为典型的女性,感到疼痛就无所顾忌地哭叫,感到快乐就马上陶醉于其中,这在前面已经说过。不过,没有指明包括性的欢娱,在这个方面,女性也是正直而率真的。

刚开始做爱时，还多少有点掩饰，不一会儿就奔放地跑起来，一旦跑起来，就不再顾忌对方的感受或困惑，任凭快乐所趋，将自己淹没于其中。这种奔放对男人来说确实是倍感惊异的。

女性在情感表达方面那么复杂而谦恭，为何在生理的表达上那样落落大方呢？

男人净被灌输一些"耻""道"（类似于武士道或骑士道）或类似于自尊心方面的东西。对于女人来说，这是无论如何都无法模仿和不可思议的事情。

令人钦佩的是，无论女性对生理感觉多么顺从，丝毫也不觉得荒唐。即使疼痛时涕泪俱下，快乐时纵情高歌，也不让人觉得讨厌，完全像个样子。

这要是男性，会怎么样呢？假如一个大男人因疼痛大放悲声，或是在隔壁房间发出他人听得到的愉悦声音，肯定令人扫兴。

女人率直地表达生理感觉，像个样子。男人忍耐着情感不予表达，才像个样子。是造物主先天造就的不平等呢，还是后天的社会环境强制于男人呢？原委不得而知。男人甘愿接受痛苦的忍耐，真的是令人感到遗憾的性格。

男人向女人追求母爱，也许是追求对这种痛苦忍耐的补偿。

"耐性"的差异

男人比不上女人的,还有一个是耐力。男人在某些事情上,有时可以做短暂的忍耐,有时则不假思索地急于求成,正因为没有"耐性",才会令人可惜地丧失转机。

比方说恋爱,男人一旦喜欢上某个女性,就会不断地攀谈、打电话、寄信,有点闲暇就会约会,一刻也待不住。

可能这是雄性的习性。正因为男人这样积极,情侣关系才维持得好。常言道:"有积极性才像个男人!"如果换句话说,就是"男人没有等待的持久力"。

最好的例子是排队购物。比方说排队买车票进度较慢,最初发牢骚的肯定是男人,女人只会露出赞许的表情:"是啊,说得对!"自己不会首先发泄不满。

因此感到疑惑,美国人为何那样喜欢排队等待呢?从乘车、购物到吃饭,人一多,马上就排队,没有任何牢骚地等候。最令人佩服的是在巨型喷气式客机里,人们用完早餐后,排着长队去洗手间。此时,日本的男性要么焦急地踱步,要么按着腹部,脸上露出痛苦的表情;而一些美国人却安安静静、神情肃然地耐心等待。

说到这里,我有点忐忑不安:是女士优先占了先机,导致男人着急了吗?这点可以免了。在那里,最从容不迫的是外国的女人,其次是日本的女人们,接下来是外国的男人,最不沉着的是日本的男人。虽说外国人习惯排队,但日本人做得差强人意,与其说是耐力不同,莫如说是涵养之差。

这样的事暂且不谈。男人从喜欢的女人那里得不到令人满意的答复时,真的会焦躁和着急。明明知道纠缠不休,会被对方小觑或者被嫌弃,却一再打电话或写信催问结果。最后便让人一口拒绝,落个以酒浇愁的结果。

与此相比,女人要巧妙得多,是智能犯。虽已下定决心,却还要花些时间让对方着急或困惑,然后再慢慢表露心迹,绝不会焦躁和着急。

求婚时如此。恋人或夫妻吵架,也是百分之百男人输。或许再稍微等一会儿,对方就会"投降",而男人耐不住性子,主动地招呼或赔礼,最后以"失败"的结局重归于好。

*

男人没有耐力,大概是源于身体生理结构的根本性东西。思考一下男女两者性的理想状态,就可以做出某种程度的想象。

我不是女人,不了解女人性的渴望与姿态,但是见识过各种事情,再加上自己的一点经验思考,女性的欲望应如涨起来的潮水一般,与其说是缓慢地汇集在某个地方,莫如说是宽阔地汹涌地遍及全身。

这也是想象,女人仅凭那种涨潮的感觉,就会惬意十足,同时拥有某种幸福感。

从"等待的女人"这个词里,产生出一种令人毛骨悚然和不足凭信的感觉,大概出自对"只要想象'那个人要来'就能获得满足感"的女人的不可思议。

不知是谁规定的,德语和法语中的"海"为女性专用名词。确实,女性的性欲很像海,广阔、丰饶,并难以把握。

与之相比,男人的性欲要单纯、明快得多。若是比喻一下,我认为近似水坝,随着时间的推移,水量逐渐地增加,积蓄到一定数量,就要开闸放水。

既没有像女人那样大海般的宽广无垠,也没有滚滚起伏的汹涌波涛,更没有丰饶和富足,只有水位直线性增长达到一定极限,就要倾泻而出的道理。

而且这种泄泻,无论是下游干涸还是漫溢,都没多大关系。只要超越一定的水位,就一刻也不能等待。

坝内水位一高,就不停叫嚷开闸,一旦闸开洪水泄出,很快就若无其事地回归平静。水积攒多了就要放,放了就归于平静。那里既没有女性的难以把握和不足凭信,也没有广阔、丰饶和复杂。

当男人对决女人时,仅凭耐力就会输掉,应是理所当然的。作为女人,即使身旁没有男性,她们在自己一个人的空间里,任意地想象,就会获得满足,体验到幸福感,似乎没有必要急急忙忙地泄欲。

当然,她们与男人相拥做爱所能体验到的愉悦,要比独处时大得多。但是,和笨拙的男人在一起,身处那种粗野的氛围,美好的设想就会被打破,或许不及一个人待着满意。

总之,女人生理上具有卓越的等待能力。只要遵从天意,不需特意勉强,就能战胜男人。换言之,男人将女人作为抗衡对象这一思想本身就违反自然。

论羞耻心

现实中看到女性,觉得有一点不爱提及,那就是羞耻心。

说到羞耻心,人们往往认为女性比男性强,男性没大有羞耻心。这点好像是错误的。

确实,女性表面上显得害羞,在众人面前被问询或被男人注视,就会害羞地捂起脸或是溜走。

对肉体方面的羞耻心更为强烈,过去有个非常有名的故事,东京某商场发生大火,如从上面迅捷地跳下就能得救,但有的女性因为没穿三角裤,羞于露面,躲在里面被活活烧死。

好像近年来看不到这样的女性了。但她们对于身体的羞耻心与男人相比,仍要强得多。

从女性对身体羞耻心的强度上看,可以认为女性比男性害羞。不过,羞耻心并非仅对身体而言。隐藏在内心深处的谦恭或羞涩,也是一种不善张扬的羞耻心。因此可以说,与肉体方面的羞耻心相对应,精神方面也存在着羞耻心。

一般认为女性在精神方面的羞耻心也比较强。开头所说的在众人面前低头、捂脸或溜走,即是心理作用的结果,属于精神范畴。仔细地思考一下,这或许只是一种表象,女人的本来面目不全是这样的。

证据是,假使你与一个女人交往,起初觉得她是个老实并爱害羞的人。随着时间的推移,就会意外地发现其脸皮很厚、丝毫没有羞耻心。她害羞只是装样,实际反差很大。实质是关系逐步紧密,伪装渐渐卸下,显露出本来面目,根本没有羞耻心,甚至自己有时会为她感到害羞。

总之,女性的羞耻心,外表和内容不一样,可以自在地予以变换,或者说每时每刻都在发生变化。

男性随着和女性关系日益亲密,对女性羞耻心的错误认识得到纠正,自己感到失落,觉得不应该是这样,但悔之晚矣。

对于羞耻心,男人和女人的基本点有所不同。当然,在这里下结论有点为时太早,如果硬要说,那就是女人羞耻心的基本点在肉体,男人羞耻心的基本点在精神。这种微妙的差异,也是给男女观点造成很大分歧的重要原因。

*

说到羞耻心,忽然想起来,前些时候,浏览某本周刊杂志,看到一篇女演员没完没了地评说自己父亲的文章。她父亲是个相当知名的人士,她今天所有的精神财富,大部分是从父亲那里继承来的。她的叙说有点无所顾忌,某些段落甚至令自己蒙羞。

一般来说,女孩长大后,可能在精神上倾向于父亲,因而很多人极力颂扬自己的父亲。不仅限于这位女演员,包括以写作为业的人群中,也好像有很多人细细评述自己的父亲,丝毫不感到难以启齿和害羞。

我觉得男性当中,也有很多人拥有卓越的父亲,但是没有人像女演员那样毫无遮掩地颂扬亲人。

就算对父亲非常喜欢、曾经尊重,也要用客观、冷静的目光来审视,该批判的地方就批判,恰如其分、有条有理地写,况且文章日后要置于众目睽睽之下。女演员也是个相当有胆量的人,半点讽刺和贬低的意味也没有。

问题是,女人为何能够那样厚脸皮地夸奖和赞扬自己的家人呢?

新婚伊始的少奶奶满面喜色、津津乐道地赞扬:"我先生和蔼、亲切,我们很幸福!"表达很率直,实情也许就是这样。但如果面对的是一位单身女性,听着作何感受,就不能再羞涩地控制着情绪说吗?那样沾沾自喜,对人是一种残酷。

无论女人表面上怎样做害羞的动作,均显露出自以为是、厚颜无耻的姿态。男人会有些扫兴,觉得女人口是心非,有点失望。

在这一点上,男人倒是心地淳朴、羞于自夸的人。即使太太是日本第一,也会谦恭地自嘲为"贱内"或"那个家伙",并不断地感到脸红。

我所说的羞耻心,当然包括谦虚与忍让,不只是遮盖身体、在别人面前低着头这类表面姿势的摆弄。

仔细思考一下,这种不羞涩的厚脸皮,也许就是女人的制胜武器。男人心地淳朴而大度,经常顾及他人的感受,会因时时处处多方注意而感到疲倦,女人则因为无所顾忌而显得有些悠闲和迟钝。

也许这种悠闲和迟钝就是令女人长寿而强韧的原因。

*

女性的羞耻心,似乎又仅限于年轻时的某个时期,将老头儿和老太太与之比较一下,就十分明显。

人一上年纪,做作之态就会消失,本性就会暴露无遗,看看老头儿和老太太的生活方式,就能体现出男人和女人的明显差异。

比如,拿乘电车这事来说,老太太一见人多,会用手拨开人群挤上去,发现还有一个空座,会以老年人难以达到的敏捷动作落座,要是旁边还有空位,会用手拦挡着他人喊:"快来!这边!"会很有气派地把从孙子到儿媳的一家老小叫过来,让他们落座。

假如有人畏惧于老太太这种执着之心而站起来让座,她会首先道歉:"哎呀,对不起!"而那张假装正经的脸上洋溢着自信和自豪,似乎是在说:我上了年纪,应该!

与此相比,老头儿却文雅得令人心酸,无论多么累,都不会把人拨开抢坐,别人让座也尽量谢绝。一旦体力不支,客气落座,马上想:我真老啦!

如两人同行,老太太则首先机灵地坐下来,喊道:"爷爷,爷爷,这儿空着呢!"老头儿则会谨慎地露出有点羞涩的目光,说:"不用,我站着就行!"

老头儿和老太太所表现出的这种差异,到底源于何处呢?可能是因为他们身处最真挚的老年状态,为所欲为,才客观地反映出男女之间的差异,并给他人带来伤感。

如果说男人懂礼貌且知耻,是很体面的,但体力远不及老太太,又有一种文弱的性格,这种特征怎么也不值得吹嘘。

无论多么体面,人上了年纪,身体就会衰弱,只要公共空间有座可落,就应毫不客气地坐下。没有座位时,要露出长者的风范,找寻可坐的位置,这才符合自然之理。

然而,男人为何那样固执己见、死撑硬抗呢?因为从小就有人给戴高帽子、作鼓励:"为这样的事儿气馁,会让人笑话的。""你是男人,要学会忍耐!"因此,精神上的羞耻感经常萌生,拼命地钻牛角尖:认为难过也好,痛苦也好,站着才是个男人!

确实,如果说"美哉,孤高的羞耻精神"觉得很好听。一旦与抗拒自然、固执己见和自我陶醉相联系,就会给男人带来多余的精神压力,从而缩短寿命。所以,不能一概地瞧不起老太太的厚脸皮。

老媪与老翁

最近仔细地揣想,觉得老太太的固有姿态象征着人的自然姿态,这种姿态不是指外貌和装束,而是指心迹表现或行为模式。

人在年轻时,往往会有某种程度的虚荣和傲慢,故作某种姿态或装腔作势。其真正的姿态,很难率直地表现出来。比如年轻的女性,总会在喜欢的男性面前,表现出相当反常的热情或动作,献媚或欺骗对方。要说这些骗术,就是名演员也完全比不上。

机警的男人会说这样的年轻女性是"骗子"或"太不像话"。那么,要是换作没有作态而率直表现的老太太,也不能予以称赞。女性过度的敷衍献媚令人困惑,过于直接地原形毕露也使人败兴。

然而,过去那样拘谨、极有羞耻心的青年女性,为何一上年纪就蜕变成了执着、蛮横、没有任何羞耻心的老媪呢?

男人在年轻时,也会装腔作势,也有相应的虚饰和掩盖,但上了年纪不会像女性那样发生很大变化。年轻时的装腔作势,大大亚于青年女性,上年纪后的露骨自私,也远远不及白发老媪。总体来看,男人没有起伏太大的波澜,有着一颗比较安定的羞耻心。

不管怎样,女性的变化过于明显。为什么女性会那样满不在乎地发生变化呢?难道女性羞耻心的表达,本来就是谎言,在年轻时候,成为用来迷惑男人的单纯技巧,到了老年,就废弃不用了吗?

于是,我们一方面对女性没有羞耻心而倍感惊讶,一方面又感觉老妪的率直和坚强,反倒像个人样。甚至会称赞和羡慕。实际上,老妪是将烦恼弃置一旁,抹下脸皮,开心地活着。

假如我们抛弃作态和体面,顺着欲望率直地生活下去,则大大有益于个人,有益于社会。好像可以说,老妪们的为所欲为,的确是确保身心健康的秘诀和法宝。

抛弃多余的作态而突然改变态度的老妪,是最实在、最坚强的人。男人到底何时才能像老妪那样争先恐后地抢占座位、张着大嘴肆意说话、逢雨一下把衣裙挽到腰上大步走路呢?单是为了长寿,我们也应该早一刻学会这种厚脸皮。

*

在写这些老太太的过程中,又忽然想起来,上年纪的老翁,还有一个方面怎么也比不上老妪,那就是晚年的利用价值(或说得有点过分)。

男人从成年到壮年,再到退休,一生兢兢业业去外面工作,把收入拿回来,是每户人家的台柱子。退休在家,突然无事可做了。

再也不用起早去挤乘客满满的电车,再也不必向讨厌的上司献媚鞠躬。刚松了一口气,立刻又陷于无事可做的空虚之中。

原先每天的绝大部分时间在外面度过,家里的事儿基本不管,就是当前会做的事,也不过是摆弄庭院的花木或是遛狗。还有人住在狭窄的居民楼或公寓里,甚至连这些都做不到。

没办法,只好呆坐在家里晒太阳、瞅家人。这样,又看到家属的某些缺点,要么训斥儿子,要么责骂老妻,越来越被大家嫌弃,越来越被家人孤立。

与此相比,老太太无论到多大岁数都有利用价值。尽管被人说成嘴碎或是爱刁难人的老太婆,但在照看孙辈或简单的扫除方面,都能充分发挥作用,就连怎么腌咸菜、怎么往红烧的菜里加佐料,都能利用积累的经验,向女儿或儿媳讲解方法,施展手艺。

在这方面,也许有点比喻得不好,常言道"老而赚大便宜",就是说老太太比老头起的作用大得多。

总之,男人几十年都在外面工作,上年纪后突然被关在家里,闲得无聊做点事,也不是什么都会做。就是会做,也有过去曾是一家之主的那种自豪感和优越感,不能像老太太那样,专心致志地照顾孙子或往红烧的菜里熟练地加佐料。

的确,老头儿与老太太相比,是没有利用价值的,如果失去外出赚钱的机会,就沦落为废物。

男人早逝,老太太还活着的情况很多,单身的日子也还过得去。要是反过来,只老头儿一个人活着,则会倍感失落和孤寂,甚至显得凄冷和悲凉。

老头儿自诩为"一家之主"且能够逞威风,只有很短的一段时间,到了漫长闲逸的晚年,必定会受制于老太太,服从老太太的支配。因此,男人以从青年时代起就逢迎妻子为上策。

*

男人上年纪后退休、无事可做时,女人还生机勃勃,在家里保持着主导的地位。对我们男性而言,有着一种近似喜悦、又近似烦腻的复杂心情。

男性竭力保持主人的尊严、自以为了不起,但早晚会在家遭受欺负——这种现实迫使我们产生某种不安和忧郁。一直惧怕妻子的那些人,也许很早就具有迟早要受妻子掌控的预感和远见。

对这样的男性,不必进一步地穷追猛打,也真的不太乐意纠结于此。还有一个问题,不应当忘记,就是人上了年纪,老太太的地位总比老头儿高,其重要原因是孩子们的心都向着母亲。

孩子长大后,自然会脱离父母生活。要是问他们和谁亲,答案肯定是母亲。父亲只是受尊敬。父亲大多不会像母亲那样,跟孩子交流或攀谈。

特别是女孩儿,爱和母亲整天唠叨,甚至使人狐疑:竟有那么多话要说!如果是男孩儿,即使达不到喋喋不休,也能和母亲轻松地交谈。可能和父亲交流是因为畏惧和羞涩,只会说"嗯"或者"是"。偶尔郑重地谈话时,可能是在死乞白赖地要钱。

结果,父亲和孩子们的距离越来越远,不得不一个人静悄悄地忍受那种孤独。

这是孩子之爱在父母身上反馈的倚重点不同。孩子们长大以前,父亲要去外面拼命地工作，母亲则在家里抚养孩子们，这是不可或缺的车之两轮，缺少哪个轮子，都有碍孩子健康成长。但是上年纪，孩子只愿聚集在母亲身边，是有失公平的。

当然，母亲抚养孩子，会和孩子密切接触，感情积累相对多，但是这样，父亲的晚年就显得过于孤独和哀伤了。

假如像妇女解放运动的战士们所说，男人的工作和女人的家务具有对等的价值，那么上年纪以后，孩子们对老人的探视频率和亲近感也应该是对等的。

女人常常在男人辛辛苦苦地工作时，当面责怪男人专横、傲慢，背后趁机与孩子打得火热，晚年还趁着余勇，竭力把孩子们拉到自己身边。真是这样而为之，如意算盘就打过头了。

男人在外面的世界闯荡并斗智斗勇，说起来很体面，但会因过于忙碌而疏远孩子，等上了年纪意识到时，孩子们都站到老妻那边去了。终其一生，也不明白是为了什么而辛辛苦苦地工作。

平均寿命

这次要换个方向,说说寿命的事。

如诸位所知,战后日本人平均寿命的增长幅度,是令人惊异的。不妨先把战前和战后的人均寿命作一对照。

昭和十年(一九三五年):男四十六点九岁,女四十九点六岁。二战结束的昭和二十二年(一九四七年):男五十点一岁,女五十四点零岁。十二年间,男女寿命分别增长三点二岁和四点四岁。年均增长仅零点三岁。当时人的寿命,如同织田信长①所抒发的心中感受那样——"人生五十年"。与战国时代相比,没有大的改变。

战后人均寿命开始迅猛增长,到昭和三十年(一九五五年):男六十三点六岁,女六十七点八岁。昭和四十年(一九六五年):男六十七点七岁,女七十二点九岁。时间不足二十年,延长了近二十岁,以一年一岁的速度在增长。

照这样的速度发展下去,到昭和四十七年(一九七二年),应该达

---

① 日本武将,生于1534年,死于1582年。

到百岁,但后来的几年,人均寿命增长速度逐渐延缓,根据厚生省发表的统计数据,到昭和四十七年(一九七二年),人均寿命只增长了大约三岁,男七十点五岁,女七十五点九岁。

让人觉得奇怪或奇妙的是人均寿命增长速率竟与经济增长速率相近似。

日本人的寿命这样延长,似乎我们周围的人净是些老人了?好像目前还不能这么说。

看看报纸上的讣告栏,四十几岁或五十几岁逝世的人很多。对于生命和健康的感觉,人们也没有"现在五十,再活二十年没问题"的那种散淡和悠闲。与过去人均寿命五十岁时,在三十岁阶段所感觉到的时间富余相距甚远。虽然人均寿命在延长,但对于生命和健康的放心的感觉,却一点也没变强。

通过战后人均寿命延长的最根本原因,是因为婴幼儿死亡率的锐减这一点,就自然可以理解。

婴儿一岁死亡或者活到五十岁,会对总量指标平均值造成很大影响。比方说,一个一岁的幼儿患传染病濒死又得救,后活到五十岁,顶得上五个五十岁的人活到六十岁。

过去孩子一出生,大人首先考虑能否顺利成长的问题,现在的父母没大有这样的担心。好像可以说,越是不再担心乳幼儿的发育,平均寿命越得到延长。

所谓的寿命延长到了七十岁,并不是说原先五十岁死去的人,现在都能活到七十岁。

这样也和经济增长一样,存在数字上的欺骗。

*

人均寿命超过七十岁,增长速率延缓,并不是因为与之有关联的经济增长率停滞不前了。

尽管当今的生存环境得到很大改善,预防和临床医学都很发达,人们的精神压力解除了,但人的平均寿命预期,不可能违背自然规律,最多也就是比现在延长两三岁,不能指望再有大的增长。

好像还有这样一个问题:社会越是进步,物质越是文明,人的体力就越是衰弱。就是说,人的生存环境越好,病菌病毒越无藏身之处,传染病就会消失,人的抵抗力也就相应地减弱。

最最根本的问题是,人这种动物本身的终极寿命只有一百二十岁。

当然,个体之间的差异客观存在,环境条件的好坏也会对寿命有所影响。但一般认为,人的细胞活性只能维持八十年左右。无论怎样改善生活条件,人的身体不免随着年龄的增长而不断衰老。

这么说,我们的寿命好像和文明一样,很快就要到达极限。在这种条件下,好像将延长寿命改变为充实生活内容更为明智。

话虽如此,战前战后始终是女性的寿命超过男性寿命,总让人有点愤愤不平。

现在看看男女人均寿命差别就十分清楚,男女差别在逐年扩大:大正十年(一九二一年)相差一点二岁,昭和十年(一九三五年)相差二点七岁,昭和二十二年(一九四七年)相差三点九岁,昭和四十年(一九六五年)相差五点二岁。随着女性逐步变得坚强,寿命差距也在逐年拉大。这样思考是否正确,任凭读者判断。

到昭和四十七年(一九七二年),男女的差距也达到五点四岁,这种差距也将要达到顶点。如果不在这里打住,那么,在不久的日子里,日本的养老院里就会挤满老太太。

总之,一看到明治末期男女的平均寿命仅差零点五岁,又怀念起过去女性的纤弱。

丈夫死后还要存活四五年——好像明治时代和大正时代的女性,都没有这种健壮和长寿。

再仔细分析一下这些数字,尽管当时谦恭的女性并不多,也比男性长寿。虽然伺候丈夫和婆婆,一个劲地干活并过着忍气吞声的生活,但生命力仍然很顽强。

这到底是为什么呢?男人在寿命上仍然不能超过女性吗?

*

现在,我手边有一张厚生省的调查图表《平均寿命的推移》。

看着这张图表,感到有点悲惨的是日本人在昭和二十一年(一九四六年)的平均寿命。这一年下降得特别厉害:男四十二点六岁,女五十一点一岁。

不用说,这是战争结束次年的统计数据。上一年度,因互相残杀的战争而殉难者、出征病死者、未归国作死亡处理者、由于天灾人祸造成的死亡者等等,累加在一起计算,才出现这样的数字。

这一年,男性的人均寿命比初始调查的第一年(一八九一年)的四十二点八岁还要低。与女性人均寿命相差八点五岁,是有史以来最大的差距。

这张图表,明确地表现出战争对年轻的男性是多么残酷。

当时的男人的平均寿命下降,导致此后年代女性当中的老姑娘增加,所以,战争对于女性来说,也是巨大的灾难。

对于通过战争互相残杀这种人为的原因所造成的寿命缩短另当别论。而在平均寿命的统计数据中,始终如一的是女人比男人长寿。

从明治二十四年(一八九一年)的男女相差一点五岁到昭和四十七年(一九七二年)的五点四岁,尽管程度有别,但这八十年间,总是女性的平均寿命超过男性。

很遗憾,没有明治以前的统计资料,假如有,那也一定是女性长寿。

女性为什么会长寿呢?

不知什么原因,好像没有专门作这方面研究的。

我认为这样的题目,是关系到男女本质性问题的重要事情。但谁都不想去努力地研究它。

也许作为学者去认真地研究这样的问题,会感到有些害羞。

可能对于男学者来说,不愿意探讨女性健壮和长寿的原因,出自男人对自己性属的自私,甚至总希望女人纤细些、软弱些,好像对于国家发布的女人长寿的统计数据,装作不知道。

男学者不愿去探究,女学者可能认为没有必要深挖细掘这样的事。

男人和女人都是人类的性属,应当说要互相理解。

可是男人和女人性属不同。我们可以说男人和女人都是日本人，但不好说我们是同样的人类。

*

女性的寿命之所以长，还可以找出几个根由。

首先可以认为男人好斗，极易在相互残杀的战争中死亡。过去有个词叫"后方"，历史上的女性，总是待在战场的后方。成千上万个男人的生命，在太平洋战争中终结，就是有力的佐证。

当然，这不是绝对的根由。即使在没有战争的和平年代，男人的寿命仍然较女人短。尤其是近年，与女性相差五岁之多。纵然身处和平环境，仍没有寿命的增进。

关于女人的长寿问题，咨询某个中年女性，她得意地说："那当然是男人早死啊。因为那样吸烟、喝酒、打麻将熬夜。女人什么时候都待在家里，保养身体啊。"

好像是趁机发泄对丈夫的不满，也多少可以理解。

确实，在生活放纵这一点上，好像男人的情况要严重一些。尤其是沉溺于喝酒和吸烟，确实会成为癌症或心脏病的诱因。

我在此并不为偏袒男性。这些东西，乍一看对身体不好，但并非一无是处，它也能缓解精神压力，带来某种愉快。如果戒酒、戒烟，精神压力积压，也未必不会早死。

何况实际生活中，吃喝嫖赌、生活放纵的人也未必早死。相反，有很多作风正派、工作认真的人，也早早死去了。这也是人的身体之奇异之处。

当然,如果身体状况不好,就不要像往常那样,出去喝酒或彻夜打麻将。男人能去外面消遣,也说明身体状况相对较好。

似乎有点自我辩解,就到此打住吧。总之,无论男人们注意不注意身体健康,平均寿命与女人相差五岁以上,毕竟是很严重的事情,况且是男女各五千万人的平均值。有这么大的差距,好像将罪过仅归于生活放荡,也不足以说明问题。

仍然应该考察男人和女人生命力的根本差异。包括细胞的活性、生理的结构、思维的方式以及身体内部的运动规律等这些基本的东西。

究竟女人更长寿的原动力是什么呢?

大学里卓越的教书先生们,可能因为这种题目不是学术性课题,才不去认真地探讨和研究。迫使我这样有点不成熟的医学知识的人,不得不绞尽脑汁地进行思考。

*

伴随着社会的发展,女人和男人的寿命差距逐渐拉大。认真思考一下,也有很多可以理解的地方。比如文明的进步,就是让女人变强的最大武器。

为什么这么说呢?因为物质文明的进步,使我们的生活变得方便、快捷、舒适,其中大部分东西对女性特别有利。

比方说,电动洗衣机、电动吸尘器、冰箱、微波炉等带"电动"二字的电器,都是可以让女性从繁重的家务劳动中解放出来的东西。

不只是这样。往细处说,超市里有速成食品,咸菜用塑料袋装着,去百货超市可以顺手拈来。年节菜也可以即席备齐。穿着也逐步随意，服装可以穿连衣裙或牛仔裤，不必像以前那样整整齐齐地穿上和服、扎起头发。家族制度的重压也慢慢得到释放。

文明的进步不仅限于科学，从生活方式到伦理观，好像一切都对女性的舒适贡献了力量。

那么，这些东西对于男人来说，会怎么样呢？好像没有从根本上带来好处。

比方说，汽车的普及，在装有电脑、空调的现代化办公大楼里工作等等，并没有给男人带来多少舒适。这些东西是为了提高工作效率和合理化的目的而呈现的，好像基本上没有让男人舒适的效用。

看看新干线这件事就能明白。在没有新干线的时代，从京都到大阪出差，预计得住三天两晚，才能返回公司工作。有了新干线，还是这两地出差，岂止住一晚上，当天返回，迅即工作，才合乎常情。因此可以说，文明的发展，丝毫没有朝着减轻男人工作强度的方向前进。

何况人们对经济收入的重视程度和生存竞争的激烈程度，只会给男人带来精神压力。

本来就孱弱的男人因此会进一步地缩短寿命并早逝。

这样说事，或许会遭到诸位女性评论家严厉的申斥，但无关紧要。总之，只有像明治、大正时代那样，让女性受到任意驱使、受到冷遇，才会有效地保持男女平衡。

因为打水、揉洗衣服、打扫卫生等都要消耗体力，伺候婆婆需要用心周到，由此女性的体力负荷、精神负担都要增加，这才能基本上与男人平衡。

如今女性获得了解放,单方面地舒适起来,就失去了平衡。是女性的解放,增加了社会上的老太太。这么说,又可能会受到女读者批评。各抒己见嘛!

*

上面仅从社会性的一面,思考女性长寿的根由,这里要从统计学角度稍加论述。说是论述,也可能夹杂着感情用事,请莫见怪。

人在出生时,男女人数相当,男性稍多,相差多少呢?现在忘记了详细的数据,大概多百分之四或百分之五。

可是一到青春期,两者人数相差无几,接近同数。好像适龄结婚的男女没有多寡之分,上帝创造人确实高明。

为何出生时,男孩儿稍多,不久又会同数。就是说,男孩儿死得多,换言之,男孩儿不好抚养。

这一点,实际抚养一下孩子就很清楚,女孩儿比较悠闲自在,对疾病的抵抗力也强。男孩儿有点神经质,爱哭闹,夜里一点小动静就会惊醒,抚养起来比较辛苦。虽然这么说,我并没有抚养过,只是从女人们那里听到一星半点的描述。

有句名言说"头一胎女儿好"。这句名言,无疑是凝集多人的育儿经验,口口相传生成的。

何况男孩易患遗传性疾病,这些疾病大多不能医治,因性染色体的关系,遗传基因只显现在男孩身上。

这一点要说清楚很难,理性的东西在此省略,只叙说一般的遗传病,如分不出红绿的色盲、一出血就止不住的血友病等。这些疾病即使男女具有同样的体质,只有男人显现症状,女人基本上不显现。只是色盲还好,无碍生活大局。但有些疾病十分可怕,会让男人痛苦一生。

正因为有这些原因,出生时占半数以上男性,不久就沦落为半数。过了中年,男人的数量又逐年递减。再过七十岁,岂止是保守与革新的逆转,而是女性占压倒性的绝对优势。

男人如同赛马起跑时,一跃冲在前面的先行公马,最初劲头很大,最后被有实力的母马逐步超越。

男人连这点都不明了,还自以为了不起呢。一说起什么来,就大声喊叫、炫耀本领、耸起肩膀。也有人像狗在远方拉长声般地嚎叫:还是男人强!

女人们早就知道这样的男人们不久就会衰弱、死亡。即使她们从理论上不了解,却能在无意识中本能地觉察到。

所以,妻子才会随意地给丈夫投寿命保险。

"老婆比丈夫大五岁说"

虽然列举了各种理由,女人比男人长寿是千真万确的事实。男人无论怎么努力,都比不上女人长寿。

根据这一严酷的现实,思考一下当今男女的婚事,或许在年龄问题上,值得进行相应的研讨。

常言道:"你活到一百,我活到九十九,白头偕老。"这应是女人说的话。一般情况下,男大女小,丈夫大妻子两三岁,甚至十多岁。也有妻子稍大于丈夫的,当然还是丈夫年长的情况绝对地多。昭和四十九年(一九七四年)一月,厚生省发布的日本人平均初婚年龄:丈夫二十七点零岁,妻子二十四点二岁。丈夫平均年长二点八岁。

加之男人的平均寿命短五点四岁,也难怪世上老太太多,老头少。

通常,如果男人年长三岁,加上男女寿命差五年,丈夫死后,妻子还要再活八年。先死的老头驾鹤西去,孤独活下去的老太太也很可怜。

想要纠正这种偏差,年长的女人与年少的男人结婚是切实可行的。比方说,三十岁的女人和二十五岁的男人结婚,可以在同一时期内死亡。

如果说"男人与大五六岁的女人结婚最为理想",肯定会有人吹毛求疵:真傻!娶老女人!但是,从男女寿命差异和生理差异看,会意想不到地合适。

先从性生活方面考虑,如果是男人二十五岁、女人三十岁,或是男人三十五岁、女人四十岁的夫妻组合,在体力方面应是搭配得相当合理的。从男女的性能力而言,也要比男人年长的情况理想。我之所以这么说,相信世上某种程度地享受过婚姻生活的老公们会理解。

把这种性生活的平衡和男女寿命之差联系起来考虑,好像可以说,老婆大五岁之说是极其合乎男女生理需求的高明见解。

然而,这种见解的不足是把人的需求从生理方面看得过重,从情感方面未予以理解。

确实,男人和年长五岁的女人结婚,无论在性生活方面,还是在晚年的体力方面,都能保持平衡,但对男人而言,则有些精神郁闷而不爽。喜欢小女人是男人的天性,至少找个比自己稍微年轻点的女人,心情上才能愉悦。

这一点,对女性而言,也有所适用。一般认为:反正要结婚,与其找个年龄比自己小很多的男人,不如找个有经济实力的年长者,这样生活才有依靠。

如果在动物世界,因纯粹的生理需求,雌雄两者就可以待在一起。人却不能这么做,精神需求也是人类不可或缺的东西。

*

暂且不谈"老婆大五岁说"。男人不应当忘记女人比自己长寿,无论现在说多么要强的话,最后男人都要输给女人。

男人要么说各种大话,要么想很难的问题,往往忽视或忘记这一重要而简单明了的事实。

男人思考问题,要比女人略微有点逻辑性,多少有点创造性,常常误以为自己是社会的轴心,控制着社会的运转。这只是浮在社会表面的一种假象,真实社会生活的最深奥部分被女性牢牢地掌控着。

男人的错觉,好像并不只限于精神层面。

比如说力量,男人一说起力量,就是腕力、体力,只考虑呈现在表面上的东西。自以为了不起地夸赞自己"能举起多少公斤的东西",或"几秒钟能跑多少米",或"一下子就把对方打倒了"。所谓男人的力量,常常与压倒对方的暴力形象相联系。

的确,在举重、快跑、拳击等竞技能力上,男人要比女人威猛与优越。因为男人的骨骼、肌肉适合这些激烈的竞技运动。

可是,人的力量并不局限于这类体力。这只是冰山的一角,尚有忍耐出血的力量、忍耐寒冷的力量、应对环境骤变的力量等若干错综复杂并心神合一的巨大力量。

这些力量并不像腕力、臂力那样呈现在表面,而是潜藏在身体内部和内心深处。所以,谁什么强、多么强,不易分辨出来。只有通过长期交往和密切接触,才能领略到"这个人意外地有耐力",或"周围那么吵闹,也能心如止水",或"竟能忍住剧痛,特别顽强"。

总之,腕力、臂力等能力应该说是呈现在表面的"显性力量",忍耐饥饿、寒冷,挑战恶劣环境等能力应该说是"隐性力量"。

我们在现实生活中所欠缺的,是这种忍耐出血或寒冷、适应环境恶化的隐性力量。腕力、臂力等显性力量也很重要,但并不是重要到只要拥有它,就能活下去。

明确地说,这些东西,和人在社会生活中最重要的生命力无关。不,假如这些东西太多,反倒会损失精力,招惹祸端,成为消极因素。

误认为男人强大的思想根源,来自与生命力无关的显性力量,从真正有力量生活这重意义上说,男性远远不及女性。

第五章

荷尔蒙与长寿

我在前一章问"女性为什么会长寿呢",医学上还没有阐明。因而我接到朋友T医师打来的抗议电话。

"没有那回事儿。女性荷尔蒙能有效防止动脉硬化,已经得到承认了。"他说。

于是查了一下,确实有医疗部门正在进行这种研究,试验用女性荷尔蒙预防和治疗动脉硬化。

动脉硬化是致人衰老的最大原因,由此而引起的循环系统发病率很高,死亡率占日本人所有疾病死亡率的首位,是个不能轻视的问题。

这种动脉硬化靠女性荷尔蒙能治疗,换个说法,就是说女性不容易得动脉硬化,她们自己身上带有预防它的基因和荷尔蒙,这是很大的优势。

动脉硬化者男性居多,苦于患高血压,死于脑出血或心肌梗死的也是男性占绝大多数。这是可以理解的。

为什么上帝对我们男性这样不公平呢?男性平时并不强壮,却自以为了不起,所以才得到这种惩罚吗?作为男人,我稍微有点怨气。

据说除了应用女性荷尔蒙以外,摘除前列腺也对动脉硬化有疗效,所以就瞎猜测:现在流行的变性术(男变女)也可用来预防和治疗动脉硬化吗?

任何事情偏向一方就很危险,也不会绝对化。男性并非完全没有女性荷尔蒙。就是说,男人身上也存在少量女性荷尔蒙。只是在比率上男性荷尔蒙占主流。

容易动脉硬化和罹患高血压的男人,也许是男性荷尔蒙绝对主导型;罹患动脉硬化的女人也许是女性荷尔蒙微弱型。这一点,在医学上并没有明确。对于动脉硬化的男性,只能如实地说给他听,让他自我抚慰。除此以外,别无办法。

虽说有主导型和微弱型,因睾丸和卵巢两个性器官所拥有的东西根本不同,故男人没有取胜的可能。

既然这样,注射女性荷尔蒙便是最后的依靠。男人这一可怜的群体,不得不出高价钱接受女性荷尔蒙,防治动脉硬化,以延长寿命。

实际通过这种注射,动脉硬化会暂时得到缓解,也能起到预防作用。只是任何事情都不会有利无弊,如果长期注射,男人的第二性征会逐步减退,体毛、胡须会渐渐稀疏,说话会变得尖声细气,像个女人。

是坚持男子汉气概,还是选择长寿,可以说是患病的中年男性所面临的重大抉择。

*

女性荷尔蒙对于防止衰老好像有效,并不只体现于对动脉硬化的疗效。也可能是自己缺少女性荷尔蒙的缘故,我主观地认为女性荷尔蒙很珍贵,犹如圣水一般。

下面要论述的情况,作为我阐述的理由。当然,我像往常一样,只是无意中想象,并没有在学术上得到证实。因为专家知识越丰富,语言就越慎重,下结论的情况很少,往往会说:"有那种可能性。"作为外行听来,更加似懂非懂。不过,这是学者的诚实,随意下结论的学者,好像没有很优秀的人。

以上的道白,只是说我并非学者,不是学者的我,所思考的问题是:女性荷尔蒙是否对防止白发和脱毛也有效呢?

我想,有很多人已注意到了,女性好像很少有人会白发和谢顶。我父亲从四十几岁起,额头两侧逐渐开始秃,变成了武士那样的发型,六十岁就去世了。如今母亲快七十岁了,只是白发引人注目,头发却很稠密,与年轻时相差无几。总体来看,无论什么样的老太太,都没有因谢顶而带来烦恼的情况。

与之相比,男人之中,谢顶和白发者何其多啊!无论多么小心、多么节制,人还未老,头发或白或脱,很快就会秃掉。

前几天,我与某医科大学皮肤科的T教授会面,谈起谢顶来,他既非安慰又非同情地说:"谢顶无疑是男性的证据……"然而,就算头发稀疏是男性精力旺盛的象征,谢顶之人由此而来的烦恼也难以消除。

这位教授避答女性荷尔蒙到底对防止谢顶是否有效,但承认它们有关联。

到底女人是怎么从白发或谢顶中得到解放的呢?我作为男人,在这里,要对造物主的不公平发点牢骚……

总之,看到女性不容易动脉硬化和谢顶,我甚至觉得女性荷尔蒙是长生不死的妙药。

据说秦始皇寻求长生不死的妙药,让臣民找遍了全国各地,仍未找到。如今好像可以说,妙药就出乎预料地藏在他嫔妃成群的后宫里。

不过,这种妙药,无论是男是女,都难以进行自身调节,只能靠现代医学手段予以增减,或多或少都不利于健康和长寿。何况男性注射多了女性荷尔蒙,就会变得女性化。

既然这样,男人就不要考虑比女人长寿,应该考虑上了年纪多依附于女人。

废用性萎缩

一想到荷尔蒙的情况,想到女性过于卓越,就会感到郁闷,所以这次要考察一下荷尔蒙略微怪异的一面。之所以说怪异,是缺少女性荷尔蒙的我,心理自卑的一种表现,害怕在考察它的过程中,仍会觉得女性很卓越,所以就没救了……

说到怪异,我首先想起来的是女性的乳房。并不是单纯要说乳房的形状和功能,也不是要贬低哺育我们肉体成长、功不可没的乳房。

我所担心的是,乳房形状和功能的骤变。对此,与其说是新一代人,莫如说只是十年左右的时间,就发生了完全彻底的变化。

要让人理解这一点,翻看战后女性乳房育人的经历,就一目了然。

首先,在当今社会,很少听说妈妈生下婴儿凭母乳哺育成长,而大多是依靠人工合成营养素喂养。

人工合成营养素再好也比不过母乳,母亲们也深知这一点,但好像仍坚持人工合成营养素喂养,理由是母乳一点也不分泌。

这到底是怎样的情况呢?

二战结束时,我上小学五年级,听说过有人由于营养失调而丧失母乳的情况,但为数不多。我曾单纯地认为没有奶水的原因是食物不好,现在看来是误解。

为什么这么说呢,日本社会经济快速增长,城市里粮食丰富,人们不会陷入饥饿或营养失调。虽说食物速成、食品公害有碍健康,哺乳的母亲需充分地摄取营养,但可以逐步地予以改良。

当今与战后不久的大街上,与充满脸色苍白的营养失调者的时代相比较,物质丰富程度不可同日而语。

尽管这样,过去那个艰难的时代,很少有不分泌母乳的人。即使有,这些人也会向他人讨要人乳,以哺育自己的下一代。战后那几年,就连粮食和食品最欠缺的荒年,母亲们也是拼命地生产母乳而哺育孩子。

可是,到底在哪个环节,怎么出的问题呢?在这物质极其丰富的时代,没有奶水的母亲比比皆是,那就搞不懂了。

可能是好吃的东西太多的缘故,现在的营养品形形色色,种类繁多,人工合成与速成的营养所占的比重很大。让人觉得即使奶牛从这世上灭绝,合成的牛奶很快就会问世。

*

在物质丰富的时代,母亲反而没有乳汁了,其原因应该如何查找呢?

与往常那样,鄙人以一半学问、一半空想的思维方式独断(专断)地看,大致如下。

我认为主要有两个方面的原因：第一是乳房的废用性萎缩，第二是产妇的自我保护使然。

废用性萎缩是医学用语，有点难懂，意思是说，该用不用的东西，会随着时间的延长而渐渐地萎缩。

比方说腿部骨折，被缠上石膏绷带不能行走，腿部的肌肉功能会退化，会渐渐变得瘦削。胳膊也是如此，久不劳动，肌肉疙瘩就会消逝并变软。

如有人反驳说"我什么都不干，却会胖起来"，这是因为脂肪部分增加了，实际上肌肉变细了，这是另外一个问题。

人的身体器官就是这样，如果不用就会退化而失去作用。

伴随着战后的经济成长，母亲的奶水没有了。这无疑由牛奶上市、人工营养普及而催生。因为产妇自身没有奶水，也能胜任母亲的职责。究竟是人工营养丰富而导致没有母乳了呢，还是因为没有母乳而促使人工营养发达了呢？这多少有点像先有鸡还是先有蛋的争论。总之，因为人工营养，乳房开始变得怠惰和失能，好像是很确凿的。久而久之，乳房不再分泌乳汁。

它和产妇出于自我保护，希望人工合成营养素喂养的愿望或称之为时尚，也有着密不可分的关系。不清楚何时开始出现"人乳哺育期越长，人相应越老"的说法，处于哺乳期的女性好像很在乎这一点，还说长期哺乳，乳房的形状会改变，变得柔软而下垂。

这从学术上讲，或许有道理，长期的哺乳应当对女性的姿色没有好的作用。

已婚妇女伴随着经济的成长,从繁忙的家务中解放出来,开始利用和欣赏余暇。她们认为间歇性喂奶占用时间过多,影响到自己的业余生活。觉得有人工营养,没有必要亲身哺乳,导致自己早早地变老,将柔美的身体曲线破坏掉。

于是婴儿刚出生时,只是从形式上喂喂奶,马上就停止,使新生的婴儿刚刚吸吮到母亲的乳头没几天,就被换成了橡胶的奶嘴儿。

年轻的母亲,竭力保持和姑娘时代没有多大变化的乳房形状。不过,这丰满硕大的乳房,只能观其形,不能利其用,对于产乳这一本来的功能,根本没有开发。就如同不干活而肥胖的人一样,似乎也有装门面的繁荣。

*

希望我们的容貌和体形这样……如果事实上果真如愿,那该多么令人高兴啊。假如真的这样,世上就没有丑女人和体形不好的人了。我们首先应当想得开:容貌和体形是天生的,无论怎么努力,都不会得到改善。

可是,这世上就有人在现实中将它变为可能,按照自己心里所希望的那样,使身体随之而变化。

这些人并不是奇怪的、值得特别提起的人,而就是生活在我们身边的女性们。她们身体上变化的部分,也如前面提到过的一样,是她们的乳房。只有身体的这部分,确如她们心中所希望的那样,发生了变化。

根据她们的"乳房形状好,而且不出奶水"这一希望,众多女性的乳房变成了徒有其表的、不出奶水的乳房。前面说过,这出于女性防止自身老化和追求时尚的需求。

总之,当今女性的乳房,在专穿西装或比基尼泳装时,所能体现的美学观赏价值,远远高于产后分泌乳汁这一最基本功能的使用价值。

虽然都有着"硕乳",却大部分不产出奶水。由此可以说,乳房变成了和项链、耳环一样的装饰品。

日本女性在这十几年间发生这样大的变革,是否应该大书特书。听说以前有的孕妇,随着婴儿的产出,奶水会从乳头大量溢出,还有的人出得过多,以致将多余的奶水废弃或扔掉。但是,现在岂止是不扔掉,甚至连一个婴儿的奶水需求也满足不了。

看看人类的进化史就能明白,人类的身体是经过数千万年的岁月,由类人猿进化为尼安德特人①,然后又转化为人类的。体毛消失,前肢变短,尔后又站立起来。这每一步变化,都经历过令人恍惚的漫长岁月,通过一代又一代的血脉相传。

可是现代的女性,仅用不到二十年的时间,就造就了不出奶水而形状漂亮的乳房,而且是不需通过世代交替,只在当代人身上就能完成。如今,第一胎时有奶水,第二胎时没有奶水——这种女性也不罕见。

"魔镜,魔镜,改变一下我的乳房!"可能是因为这样念咒的缘故,战后女性的乳房,在短期内由出产奶水的器官变成了装饰用品。

所谓的"女人是妖怪!"无疑就是指这件事。

---

① 简称尼人,也被译为尼安德塔人,常作为人类进化史中间阶段的代表性居群的通称。

恋爱这种药

看看战后女性乳房的变迁，现在才惊叹和佩服：女人确实是魔术师。在这之后，女人到底还想变哪儿呢？男人尽管害怕，却不能不悄悄地祈祷：无论怎么变，都希望变成美女！

然而遗憾的是，这种魔术的效力好像仅限于某个特定的范围之内，即与性荷尔蒙相关联的部分。对于其他方面如美容或形体改善，好像没有什么效果。

实际上，如果在其他方面有效力，那么，世上的美容整形医生和健身学校就会束手无策。好像可以说，效力只是表现在女性荷尔蒙作用较强烈的乳房上。

可是，也看你是什么心情，容貌变美也未必是没有希望的事儿。

近来没看到，前段时间，我在某个化妆品公司的报纸广告上，看到过一个白子和一个黑子的连篇漫画。其中有个场面，黑子问白子："你最近肤色变白了，是怎么一回事儿？"白子害羞地回答："我谈恋爱啦。"

就是说，因为谈恋爱的缘故，白子肤色变白了，成了美女。

这是否会成为兜售化妆品的夸大性宣传,要取决于公正交易委员会的评判。女性因谈恋爱而变得美丽,并非完全虚假。

我实际看到,也能感觉到,女性一谈恋爱就会变得漂亮很多。有的女性处世,原先像男人一样干脆,基本上感觉不到女性的魅力,可是其突然变得温柔而沉稳,体现出十足的女人味。当然,脸上的肌肤也会放光,目光炯炯有神,魅力倍增。

女性这样的变化,不只限于谈恋爱时。好像一对相处并不十分和谐的夫妇久别重逢,女性脸上原有的严厉和不和蔼很快消失了,散发出一种安详而温和的气息,具有了满足和快乐的优美。这种时候,母亲突然变得温柔、和蔼,连孩子们也感到莫名其妙和不知所措。

总之,谈恋爱期间或者肉体上得到满足时的女性,会判若两人般温柔、体贴和美丽。这不禁令人生疑:这和说话像男人、常发歇斯底里的女人是同一个人吗?

有意思的是,如果女性久久见不到恋人或丈夫,偶然想起来,就会沉不住气,工作也心不在焉,显现出一副憔悴和不耐烦的面容,与之前所述截然相反。

*

我相信"女人一谈恋爱就变得美丽"之说。但是,把这说法跟某大学的妇产科教授交流,对方竟苦笑着否定:"哎呀……"

意思是"确有这种说法,但理论上站不住脚"。

于是,我论理据争:

"人一谈恋爱,情绪就会激动、紧张,导致肾上腺素的分泌十分活跃。血液循环会加快,眼睛会灵活生动,神经中枢进一步兴奋,脑垂体前叶的性腺愈加刺激荷尔蒙的分泌,使人的肌肤更加滋润,心情更加愉悦,女人味儿十足,由此而娇艳起来。"

教授却对此做出了不感兴趣的回答:"这种事不是没有道理,但是,目前没有因此而变美了的种种证据……"

确实很遗憾,现在好像没有恋爱期间女性变美的有力证据。从原则上说,只要不存在这种学问上的数据,学究式的教授就不能断言:"是这样!"

可是,我认为大部分人凭直觉感到"变得美丽"了,那就是变美的证据。这种说法,确实不具科学性,但是,如果若干人的看法一致,完全可以相应地视为证据。

这好像有点自我辩解。但,我总觉得对人,尤其是对精神结构复杂的女人,如果从理论上过于追求实证,就会拘泥于末节,相反会看不到真相。

姑且不谈在学问上能否求证。我觉得只要人的情绪不同,外观上就有很大差异。

谈恋爱总是精神紧张,一想到要让男方看着美丽、看着舒心,女性从姿态到动作、到态度,都会相应改善。从发型、装束到一条项链,一定会精心整理。同时顾虑:我们到底合适与否?若自己受到夸奖,就会变得兴奋,努力想变得更加美丽。同时也会产生自信,进而得到互信,并更进一步地培植互信,使事情朝着好的方向发展。

"反正男人都是瞎眼,我不会招他喜欢。"假如从一开始就这么想,女性的姿态会大变,不太美丽的脸庞会因失去自信而变得阴暗,女性荷尔蒙的分泌会得到抑制,性腺的刺激作用会减弱。其干枯的肌肤和丑陋的面容会引人注目……中年以后步入家庭的女性,迅速地衰老或许也是这个原因。

使女人变得更加美丽的强大武器,可以说是与之相恋的男人的出现,并得到他的不断夸奖,而不是进行桑拿浴和涂抹化妆品。

*

我想起二十多年前的事,奥尔科特原作的《小妇人》被改编成了电影。电影里有个场景,妹妹爱弥儿想把蒜头鼻子整得好看点儿,晚上用晒衣夹夹住鼻头睡觉。

用晒衣夹夹住鼻子睡觉,能否塑造出柯利牧羊犬那样敏锐、耸立的鼻子呢?其效果不得而知。我认为此举也并非完全没有意义。觉得人要是处于还很年轻的成长发育期,起码会相当有效。当然,如果夹得太狠,会引起鼻头缺血,致局部皮肤发黑、坏死,需要非常谨慎。

其塑造效果暂且不谈,我产生好奇的是想使自己变得美丽的少女心,其可笑中有无法形容的可爱。

假若这个妹妹变得美丽了,与其说是晒衣夹的作用,莫如说是想要变得美丽的心理及心情起到了好的作用。

总之,我们完全热衷于科学,无论什么都需用理论阐明,对不懂的东西,每每断定为毫无意义,我觉得这样有点过火。所谓一切都能用科学阐明是人类的骄傲自大,世上还有很多弄不懂的东西。尤其像人体这样复杂而微妙的组织结构,仅凭医学理论无法说明的事情不计其数。

这么说,好像又要被斥责为非科学。我总觉得人的身体状况,可以通过心理和精神得到改变。所谓"病情好坏在于情绪"我认为从某种程度上说不无道理。

就此想起一件事来,前几天,听某个人类文化学者说,近年日本青少年的体格变化异常惊人,由个矮、腿短的东亚人(蒙古人种)体形,迅速地蜕变为身材高、腿骨长、细高挑儿的西欧人(高加索人种)体形。我对此略有了解。他还进一步地比较西欧人、阿伊努人和日本人的头盖骨,说过去阿伊努人的头盖骨前后纵向长,脸是长脸,外形上比日本人更接近西欧人。但是近年来,日本人的外形已超过阿伊努人而接近西欧人。

当然,这种变化,是在最近几十年间迅速发生的,即使有世代交替,最多也就一代,由父母传给孩子。日本人的体形发生这么大变化,是非同寻常的。

这位学者说这种变化是"人的身体强烈地接受文化影响力的结果,其作用胜于遗传基因"。

战后日本人迅速地接受美国的文化,适应了椅子和床的生活,大家都想成为细高挑儿的人的心情,不知不觉地改造了我们日本人的肉体。

思想与体形

近几十年,日本人的体质大大增强,只归结为食物的丰裕不足以说明。我认为,还有除此之外的其他原因。

如果只是食物的缘故,更加健壮的人数,当然可以增加。但是,现在的年轻人,身材高挑而细瘦,净是一些适合穿牛仔裤的人,体形虽然好看,却和因营养好而健壮的感觉有很大距离。

如果仅看粮食情况,将现在和十几年前相比较,未必能说营养情况得到很大改善。相反倒觉得十几年前的食品公害少,有自然香味儿且营养丰富,食品供应也比较均衡。看你怎么去想,好像可以从营养学的角度上说,当今觉得速成食品可口的年轻人,实际是在享受着"粗茶淡饭"的生活。

尽管如此,年轻人的个子仍然在长高,腿仍然在变长,还是应该考虑日常生活其他方面的变化。究其原因,无疑是我们现在所享受的文明与欧美人的文明接近。可以说,日本人从物质到精神,从思维模式到日常行为都已欧美化,因而从身体外形到精神思维,都已经与美国人接近了。

好像可以说,这是人的身体通过思想和精神变化而发生变化的恰当例证。

我身高一米七三,作为昭和初年出生的人,个头不算矮。但在电车车厢里,被年轻的人群所围绕,觉得自己个头并不高。体形与他们相比,也是躯干长,重心低,有点不好看。

不过我有一点要逞逞威风,就是精神是纯日本的,没有被欧美的文明所污染。但每每看到仿佛是从健身杂志图片上走下来的青年,就非常惊讶和羡慕,甚至误认为和自己不属于同一人种。

我上过学的札幌一中,"质朴刚毅"是其基本精神,赞赏隆冬时节学生光着脚上学,故而不会出产潇洒、秀逸的男人。我由家到校有三公里路,经常穿着旧制高中生那样的、厚朴木齿的木屐,耸着肩膀去上学。后来,脚变成了扁平足,肩膀像美式橄榄球选手那样经常酸疼。

现在想来,哪怕战败再早五年,我就会穿鞋上学,或穿牛仔裤,或打扮成稍微流行的模样,不致让身体畸形。现在已经四十岁了,无论怎么适应美国文明,也不会达到改变身体的境况。

*

如前所述,人的形体会因生活或思想的变化而变化,如果比较男人和女人谁显著,仍然要判定女方优胜。虽说当今的年轻人都是腿长、身细,但觉得还是女性的变化更为强烈。

抛却食物供给的丰裕,还是女性更加强烈地感受到欧美文明的影响。换句话是,女性更顺从地适应了海外的文明,认为欧美文明是先进的、妥当的,比男性还要强烈地希望适应欧美文明,同时将自己改变成与之相近的形体。

人的身体,只要年轻,就有很大的灵活性,无论是弹钢琴还是弹吉他,都要趁早让他学,与其说是让他萌发才能,莫如说是人越年轻,手指越灵活,可以借此弥补其才能的不足。

可能是向往和年轻能较快适应欧美文明的缘故,过去女性腿短,躯干长,脚尖朝内走,现在身材苗条,腿部细长,胸脯坚挺,腰臀部像少年那样凹凸有致。过去除了穿和服以外,怎么也不能凸显姿色,如今穿超短裙和喇叭裤都很漂亮。

尽管男性的形体也改善了很多,但还有人好像不能顺从地接受欧美文明。是生来顽固呢,还是祖先遗传的日本血统过浓呢? 总之,男人的形体没有像女人那样迅速而泰然地发生变化。

要说最近年轻女性的身高又增加了,心里确实不舒畅。前几天,在京都见到了久未遇见的舞伎,看到对方很高,既感到惊讶,也有点落寞。

那个舞伎身高一米六左右,作为现代女性,并不是多么高,头上挽着发髻,脚上穿着漆木屐,一副藐视一切的威容,可能觉得我们客人很寒酸。

尽管这样,如果她居高临下地说"欢迎光临",我不由得想应答。假如女性这样越长越大,就会让人操多余的心。

话已至此,尽管女性的体格在增强,但贫血、低血压、胃下垂等几种病症经常光顾年轻女性,凡是看到体形稍微好点的女性,一定会自诉这三种症状。这是怎么回事儿呢？是外强中干呢，还是顾此失彼呢，抑或是说着比较开心，彰显自己"是个体形漂亮的美女"呢？真弄不懂。

女人的武器

上次和女演员富士真奈美谈话,突然听她说:"女人嘛,爱哭。哭起来,很开心。如果哇哇地哭,真的很爽快。"

我在一瞬间,感到很惊讶,但很快又感到钦佩:怪不得女人动不动就哭呢!这种说法,道出了女性某种哭的真谛。

这么说,有的女性也许会柳眉倒竖:"说什么呢,哭起来很开心?别开玩笑!女人是真伤心才哭的呀。"

并不是要排除女人因伤心而痛哭,聪明的富士真奈美小姐不会不了解这些情况。她所说的是,哭这种行为的背后深处,有着一种借此解脱的心理,因而听来无须生气。

哭这种行为的背后,潜藏着一种接近快乐的东西,男人对此模模糊糊地明白,却很难看得清楚。

不知什么缘故,男人往往顾虑自己被划在加害者一边,女人一哭,马上就担心:是不是自己干了什么坏事?因而不停地安慰对方。女人刚哭的时候,只是露出寂寞的表情,顾虑涌入脑海,马上变得和蔼、亲切。

这大概出于某种自负：自己比女人优越，女人比自己羸弱，应该予以劝慰和保护。并单纯地认为女人只要哭，就是伤心和悲哀所致。

然而，听说女人是一边哭，一边享受，就有点失望，并失去安慰的耐心。女人的眼泪中，好像确有与悲哀关系不大的、纯粹生理上的东西。

有的女性隔三岔五随意地哭，越安慰越哭。这种类型也许是一边哭，一边自我消遣。

自负的男人会认定女人难过、悲伤，不停地用柔和的话语劝阻、安慰。哭着的女人看到这种情景，有时会超越困惑而窃笑。

总之，男人本质上罗曼蒂克，会根据女人的一滴眼泪，想象出各种悲伤的故事。也会因自负产生错觉，把自己想象成疗治悲伤的天王巨星。

似乎她正在寻求我的帮助，拯救这个女人的只有我。男人很自负地随意想象，并一味地安慰啼哭并享受着的女人。

看到这种情形，男人和女人哪一方不好，就一目了然。

*

记得从什么书上看到过，邻国韩国以前曾有"哭女"，不了解详细的情况，好像把某个女人请到葬礼上，让她"嗷嗷"地哭，以营造悲哀的氛围。不知现在还有没有？

我曾想象：既然有"哭女"，可不可以有"哭男"呢？总觉得男人哭起来，音量和感染力都会凌驾于女人之上，但是那种形象，无论怎么看都不成样子。

哭当然以女人悄悄地潸然泪下为最好,如果大男人放声地哭,就像是演唱歌剧一样,引不起观众的共鸣。

对哭这一行为,看比听的感染力要浓重一些,美女把和服袖子拉在面前,先是抽抽搭搭,继而大放悲声,极易引起人们的关注和同情。

如果是老太太或幼儿园的女孩儿,做着同样的动作哭,感染力就会有所减弱。哭相也是因人而异的。作为女孩,还是站在那里,两手捂着眼睛露出要哭的表情最引人关切。

长成妙龄女郎,即成为前面所述的、先抽抽搭搭再大放悲声的类型;如果成为已婚女子,会轻轻地转过脸去或悄悄地用手捂住脸,只露出发际哭,让人看着有些情趣;如果已是资深的妻子,会紧紧地闭着嘴,扑簌扑簌地流泪,虽是无声而泣,相反更有感染力;如果成为老太太,就会咬住嘴唇,一边揉搓着手中的东西,一边伤心哽泣。

总之,女性的哭,因代际差异而形式不同,但哭的样子,引人怜香惜玉,丹青妙手会将其作画,产生艺术感染力。

如果是男人,哭起来一定没有好模样。假如有,也只是欲哭而忍的表情。如果泪挂两腮,就不成个样子。

男人想哭却不宜哭,这与女人相比,是不平等的。可以说,眼泪只是女人能够使用的武器。

不过,上帝也力求公平公正,似乎在给予女人"眼泪"这一温柔武器的同时,也给予了男人"暴力"或"怒吼"这些粗暴的武器。

哪种武器好呢?答案随人的嗜好而不同。如果单纯从强度和烈度而言,好像吼叫和体能要略胜一筹。

可是,这种武器威力虽大,却像核武器一样,不能胡乱用。对于日常的、微不足道的争吵和冲突,是难以发挥效用的。

然而,眼泪这种温柔的武器,无论何时、何地、何事都可以用。从死乞白赖地要东西,到夫妻闹别扭以致离婚调解,均可根据不同的需要,给予对方有效的打击。

如同在军事上,核武器无论如何开发,也难有使用场合。微小而精巧的常规性武器,却能在各种条件下有效地使用。

*

唯有女人才能使用的武器,除了眼泪之外,好像还有许多,比如撒娇、乖戾、献媚等。这些只有女人才被默许的行为,如被男人效仿,会被视为怪诞。

的确,女人拥有性别至上的特权,可使用的武器丰富多彩,令男人惊羡和嫉妒。

除此以外,还有一件可供女人使用的武器,叫"作态"。

作态是什么意思呢?假若具象地说明,的确有点难。可以说,是故意用若无其事的姿态或举止,表现唯有女人才具有的美丽、优雅和温柔。这种表现,若有露骨之处,会使人感到乏味和无趣。表现得恰到好处且不过火,好像又有窍门。

所谓的献媚与其意思相近,只不过在表现上,较作态有所夸张。

"作态"是女人撒娇、乖戾、献媚等武器的雏形,也是所有女性先天具有的才能。

或许是女人体力不如男人强,大脑不如男人具有逻辑性,上帝为给其弥补这些欠缺,才赋予女性"作态"这种先天的才能。女性们好像也在充分地利用这种才能。

前些日子,一个女编辑开车载我去某会场,她未告知司机具体地点,车子走过了头,不得不调头回返。女编辑此时将词尾拉得长长的,说:"对不起——"

跑过头不足为怪,司机顺从地在车辆极多的地方调转车头。我感觉她故意将词尾拉得这么长,实在可爱,就是性急的我在开车,听了也不会生气。

假如编辑是男性,在这种时候,瓮声瓮气地说:"对不起!"司机岂肯痛快地调头,也许会指责并呵斥:"怎么不早说呢,让我费油、费事又费时!"

真的,这位女性撒娇的时机很绝妙,一点也不使人觉得刺耳,所以是上算的。

这种窍门到底是在哪里学的呢?姑且不论其他女性,连她这样富有才智的女人都会巧妙地使用,男人怎么也没有胜算的希望。

总之,女人说话拉长词尾时,是在使用武器,需要引起注意。

*

所谓女人作态就是一种武器,还有一次验证。

第一次去祇园时,见到舞伎。舞伎几乎不说话,态度冷淡,让人有点失望,因其脖子以上胡乱地擦着香粉,我就咒骂道:那是擦金粉的偶人!

"要是这样,还不如新宿那边便宜酒吧的女郎好。"这么一说,以前曾做过舞伎、现在在京都经营酒吧的老板娘平静地告诫道:"这是不对的。"

据那个老板娘说,舞伎不大说话,并非本身喜欢这样,而是待客所需。

因为舞伎年处芳华、打扮得漂亮,就是不说话,客人的视线也会自然地集中到那里,所以,没有必要再做那种吸引客人目光的动作和絮语。

据说与之不同,艺伎的年龄比舞伎大,服装也素净,所以允许她们相应地和客人讲话或作媚态。当然,半老的艺伎要比年轻的艺伎能更自由地与人交流,并会最大限度地展现女人的魅力。

年轻艺伎的装扮和动作太突出,就会被姐姐们讨厌,既然是处女,就不要故作媚态。像个偶人一样地自我节制,才像个艺伎。

我是个乡下人,听说舞伎们也是这样,不由得感到钦佩。继而转念一想,觉得这是出于保持整个宴席平衡的需要。

年轻而美丽的少说话,保持小心翼翼的谦恭态度;上年纪不再美丽的有机会多说话,也可自由地作媚态。从而实现老少平等地接待客人。

如果年轻而美丽,再有着妖艳的举止,并自由随便地讲话,那么,客人的视线都会被吸引到年轻的舞伎那里,就没有姐姐们的立足之地了。

由此看来,银座的夜总会存在着弱肉强食,年轻而美丽的小姐充分地利用姿色争夺客人,对前辈小姐不太客气,她们凭借各自现有的优势一决高下。

这也可视为现代化的竞争,对公司而言,可以说是按技能获取效益工资。这种做法的缺点是,人一旦上了年纪,姿色衰减,立刻就无处生存,只有默默地离去。除此以外,别无办法。以致晚年生活,难有保障。

我今天并不是想评价祇园形式和银座形式哪个好,而是在说年高女人的作态,也是不输年轻貌美女人的有力武器。

*

"男人和女人,哪一方会撒谎呢?"对此似乎很难判断。纵使说某一方会撒谎,也是千人千面,不一而足,同性人群之中千差万别,不能说得那么简单。但非要说出哪一方会撒谎,我认为答案会相当清楚。

答案是女人……

可能因了我是男人的缘故,不,就是抛却这一点,仍然觉得还是女性会撒谎。

这么说,也许很快就会遭到女性的群起反击:"胡说,男性多擅长撒谎,多狡猾啊。"

的确,有的男人诱骗纯情的女性上当;有的男政治家当面反腐,背后大赚不义之财;有的男人为获取公司的地位或财富,玩弄权术,甚至运用恶毒的谋略……

一般来说,男人当中确有很多人会撒谎。

概括地说,男人的谎言是大尺码的,社会影响力也大。与之相比,女人的谎言则是小尺码的,比如,把普通人家的姑娘说成是大家闺秀。明明和几个男人发生过性关系,却佯装处女。这些要说无聊,是很无聊的。要说可爱,也是很可爱的。

总体来说,女性的谎言与男性相比,略显微小,可能是女性经常闷在家里的缘故吧?再说,男女撒谎的方式也有区别:男人的谎言,是用大脑斟酌后发出,编造得合乎逻辑。女人的谎言,与其说是经过大脑,莫如说是通过生理反应,凭感觉编造。

过去,三岛由纪夫在《不道德教育讲座》一书中说:"不应该斥责孩子撒谎。所谓的撒谎,证明孩子的脑子聪明。通过撒谎,使孩子的大脑得到锻炼。"人是否该撒谎,则另当别论。撒谎确实是要动很多脑筋的。对早晨起床晚而迟到,可以进行辩解,要是想撒谎,那就很不得了。好像脑子差点的人比较诚实,不大撒谎。

女性的谎言与男性趣味相异。男性一般是合乎逻辑地算计好效用,再编造谎言。女性则往往秉持"这样能行"的直感而撒谎。

因此,女性当中有很多脑子不好的人,却很会撒谎。要是了解那个人的辨识能力差,就巧妙地接二连三地撒谎,那谎撒得令人惊讶。况且,越说越起劲,有时显露出得意的表情,陷入自我陶醉的境地。

虽然撒谎跟是否聪明无关。要是像女性那样撒谎,三岛由纪夫的"撒谎就会变得聪明"这一说法,就需要特别注明——"只限于男人"。

*

怎么表达也难以尽意,总的感受是"男人用大脑撒谎,女人用身体撒谎"。

男人绞尽脑汁,千辛万苦才编造出谎言来。相比之下,女人却不需要多么费力,而是极其轻松地顺口撒谎。所以,女人的谎言不属理论性的,故而生动活泼,格外有说服力。

比方说,男人为乱搞女人而辩解,会从口袋里取出小酒馆的火柴让问者看,用以证实自己是去喝酒了,从而蒙混过关。女人则不会玩弄这样的小伎俩。

"你乱搞男人吧?"丈夫这样一追问,妻子立刻露出那种非常意外的表情,当即否定:"不,我不会做那种事儿。"男人要是根据传闻,进一步尖锐地逼问,她会一点一点地贴近丈夫耳鬓:"我这么爱你,不会干那种事儿。"要是还得不到谅解,就会反唇相讥:"你这个人,怎么就这么不信任我呢?"然后就呜呜地哭起来。

与其说这是实例,莫如说这亦是我合理的一种想象。这里丝毫没有理论可言,只有根据实情强行诉说这样一种心因性的直感。

男人擅长理论,喜欢阐述和运用道理,不擅长直觉性表达,对直觉背面的东西感受迟钝。丈夫逼问妻子时,即使有相当的证据和事实上存在的嫌疑,只要妻子声泪俱下地予以否认,就会莫名地受到触动,甚至泪流而下,从心底原谅妻子:"她既然这样说,是不会做的。"

总之,所谓的理论看似很高级,很有说服力,实际有着难以弥补的缺陷。比如前述的男人,先去搞女人,再约K君去喝酒,认为自己做得天衣无缝。但是,反穿着的内衣,成为自己慌乱做事的重要证据,这就完蛋了。虽说确实是去喝酒了,但反穿内衣无法解释清楚。虽曾打好腹稿,做好预想,要是有人这么问,我就这么回答。然而,预料之中的,可以应付；预料之外的,立刻就答不上来。

就像电脑有点毛病,就不能用那样,如果一味地靠理论说事,论道理证明,最后必然会导致失败。

女人的"喂,你不相信我吗?"这一说法,确实巧妙。无论是朋友作证,还是内衣穿反了,只要如是说,就能行得通。再露出悲伤的表情,淌点眼泪,结果就完美、如意。男人中罕见的才子为编造的谎言辩解,意想不到不堪一击。由此看来,女人闪烁其词的非逻辑性谎言,在随意性和说服力方面,优胜于男人。

*

当下没怎么听说,过去经常被人吓唬:"撒谎会下地狱,被阎王抽掉舌头!"或者叫嚷:"老实人不吃亏!"意思是撒谎不行。

可是,这个世界上,没有不撒谎的人。实际上,没有谎言的世界,一样令人感到乏味和扫兴。

据说动物不撒谎,只有人撒谎。如果人不撒谎,连动物都不如。

撒谎也有个尺度问题,撒下弥天大谎,当然不好。要是善意的谎言和没有什么实际损害的撒谎,好像也不需要求全责备。

就是中条清所唱的《谎言》也是在诉说:"哎呀,没有结婚的想法,啊呀,新娘礼服怎么办呢?"但歌尾也有原谅的意味:"那个和蔼的撒谎人!"

实际上,谎言形形色色:有的让人觉得可爱,有的能让人理解撒谎的根由,有的则因为谎撒得太过认真而使人入迷等等,不一而足。

人无论做什么事情,态度都应该认真,如果撒谎也认真的话,岂止不会受责备,甚至会让人感到神清气爽。

我常去的一家酒吧里,有个女人很会撒谎,她有孩子,也有男朋友,租住着极其普通的公寓。她却说自己住着非常豪华的高级公寓,想生养个孩子,问有没有合适的男人,以此诱客前来。客人如果说喜欢高尔夫,就迎合着客人说自己也会打。继而逐步升级,说自己下围棋、下象棋、打麻将无所不能。最后说自己长在京都,有朝臣的血统,从孩提时代学习流派舞蹈,练习钢琴,想方设法上大学等。什么事都信口拈来。

我去那家店时间已久,大致了解那个女性的真实情况。听到她在旁边的座位上,向新来的客人喋喋不休地自我宣传,甚感惊讶,近乎有种学生对老师的敬仰。

她不知道我在旁边侧耳倾听,脸上泛着红晕,目光炯炯,尽是一副陶醉的表情。谎言一个接一个,像机关枪一般地从她嘴里喷射出来。谎撒得认真、流畅,使人没有从旁插嘴的勇气,连自己都对谎言着迷了,觉得心情很舒畅。真可谓不可思议。

总之,女人这么认真地撒谎,或许是出于对对方的重视,所以没有必要觉得悲哀。

*

最近一周,我一直在考虑"女人为什么会撒谎?"这个大命题。说大命题,有点夸张,实际上,是个比较重大的问题。

我们男人比较习惯于动脑子,也有很多智慧,但在撒谎方面,好像差女人一步。在撒谎的尺度和复杂性方面,男女旗鼓相当,但在撒谎的基本手法上,男人怎么也比不过女性。

这是为什么呢?男人怎样才能像女人那样极其自然地、没有罪恶感地、自如而流畅地撒谎呢?

本周没完没了地思考这个问题,似乎过头了,其他的文稿没有进展,感到有些苦恼。闷头思考的结果,找到了根由:"女人有例假"。也就是说,得出了基本结论:"因为女人有例假,所以会撒谎。"

这样说事,也许会被人笑话:考虑了一个星期,结论还不清晰。没办法,我正以此为据,非常认真地加以追思。

女人之中不爱撒谎的,是青春期前的少女和上了年纪的老太太。对这两个群体的人,可以比较放心地交往。不用说,她们的特征是:要么还没开始来例假,要么例假已经结束了。

有例假者正处女人最美好的年华,这个时段的女人却最能撒谎。

可能是有这样一个理由:随着和男人关系的发展,说谎的必要性也会增强。根本上还是每月一定有例假,为不让人发现而故作镇定。这一生理现象,对女性心理有相当大影响。

只要身有例假,她们不论愿意与否,每月至少撒一次谎,以避人耳目。也就是说,例假期间就是别人不问,也要极力隐瞒或掩盖。

这种心理负担是没有此种经历的男人所无法想象的。似乎有着一种很大的内疚,沉重地压在她们的肩上。再说,这是肉体不经大脑而直接承受的负担,正因为如此,影响力也很大,故而使女人养成了这种隐瞒或掩盖的习性。

对于她们来说,撒谎不是偶然为之的事情,而是生活方面必不可少的东西。

女性出于这种肉体深处的必然性反应,反复地进行撒谎训练。好像可以说,从无例假的单纯的男人想和女性较量撒谎,如同冲着风车而去的堂吉诃德一样,是在做愚蠢而荒谬的事情。

加害者与受害者

如果问十个人说:"加害者和被害者哪个好,请从中选一个!"无疑十个人都选加害者。因为被害者要受苦难,被打破脸庞甚至弄成残疾,那可是吃不消的。

这要是从男女关系方面讲,情况会略有不同。

当然事情总会有些例外。一般夫妻之间发生争吵,提出离婚,人们肯定持这种看法:"男人自私,女人可怜。"

男女之间的关系是微妙的,也是不可以打听的,正因为人们不解内情,妄下结论是相当自私的,可它却是堂堂盛行的。因而要说奇特,也是很奇特的。

这也许出自以前日本的男人过于自大,傲居女人之上而被固定下来的印象。现在女性早已是今非昔比,变得十分要强,人的见解停留在"男人是加害者,女人是被害者"的陈腐观念上,要么是漫不经心,要么是故步自封。

现在的男女关系破裂,大多还是因为男人的任性和蛮横。我觉得这种情况居多,也不排除由于女方原因所导致的情况。

只是男人的原因,像乱搞男女关系、赌博或耍酒疯等行为,往往明显地呈现在表面,故而容易受人谴责。女人的原因,往往长期郁结在心中,一般不呈现于表面,故而容易引人同情。女性好像具有不声张这一长处。

令人困惑的是,男人自己默认"男人是加害者,女人是被害者"这一陈规陋习,并出乎预料地满足于此。

尤其是中年男人,与女人相爱就互相以身相许,也会立刻向女性付钱。可以说,中年男人的所思所为,是这种加害者意识的完全暴露。

平时和平相处,一旦发生事件,男人立刻被视为加害者,自己没办法抗衡,只好忍了。这样看来,男人是大老实人。

可是在背后,男人要么坚持这种不辩白姿态,要么觉得成为加害者才像个男人,要么沉浸于自己是赢弱女人保护者的优越感之中。无论什么想法,其依然是受到社会谴责的加害者,这一点没有变化。

而在这时候,明智的女性会迅速地展示出一副被害者的面孔,并蔑视正在受谴责的男人,赢得社会的绝对性同情。

由此也可以证明,男女平等只不过是书本上阐述的道理而已。

*

在男女关系方面,"男人是加害者,女人是被害者"似乎是日本人特有的构思,对我们日常生活的观点和认识有很大的影响。

譬如那个立教大学[①]的大场副教授杀人事件。警方认定大场副教

---

① 日本著名的私立大学,位于东京都。

授杀害了京子小姐,开始四处搜寻遗体。案件大致是,大场副教授欲甩掉情人京子小姐,后怒而杀之。出于罪咎,他和夫人、孩子一起在石廊崎①投海身亡。

我对此深感触动:大场副教授是个多么冷酷、多么残忍的男人啊!京子小姐是个多么可悲、多么可叹的女人啊!与之相依相伴的太太、孩子无辜丧命,是多么凄惨、多么悲凉啊!

案件尚未了结,警方仍在搜寻京子遗体时,我在新宿的酒吧里,听到了一位女性的截然不同之说。

她说杀人的是太太,而不是大场副教授,所以遗体很难找到,太太是畏罪自杀了。

我一听到这话,如同受到不寒而栗般的打击,同时对这位女性的独思妙想感到惊讶。

这样推理,是女人独特的构思。在男女关系方面,男人拘泥于"男人是加害者,女人是被害者"这一观念,无论如何也不会产生如此独特的见解。

我认为当时的警察肯定会分析案情并进行各种推理,内中有没有持这种独特见解的人呢?也许会有。但当时的任何一种报纸都没有谈及这种见解,全部以"大场副教授杀害京子小姐"的警方论断做标题,报道线索与追究。

仔细思考一下,这种见解是一种很有女性特点的见解。因发生三角恋爱关系,太太要除掉情人,不能亲手直接杀掉,也要怂恿丈夫或者

---

① 地名,位于静冈县伊豆半岛南端的海角。

雇佣杀手将其除掉。如果这样想,就容易理解为什么太太也随同丈夫一起自杀。

在听到这种见解之后的第十天,京子小姐的遗体被发现,案件得以了结。与那位女性的推理不同,结论是两个女性都是可怜的牺牲者。我在此谈及此案,并不是对这个事件特别关心。

只是那位女性的独特构思,深刻地停留在我的脑海之中。女人能够简单地进行这种"非常了不起"的构思(能和我这个男人截然相反地考虑问题),使我对女性这种特殊结构的人,产生了不可估量的畏惧和憧憬。

*

前些时候,我去参加电影《山打根[①] 八番妓院·望乡》的试映会。

这是根据山崎朋子获大宅奖的同名作品而改编的电影,重点描写过去从九州天草被卖到婆罗洲山打根去做娼妓的唐行小姐[②]苦难的一生。

以为是相当的杰作而期待着的电影,试映时看了一下,说实话,有些失望。

为什么这么说呢?影片中立原小卷谈话的部分多于高桥洋子所扮演的唐行小姐言行的部分,并有些不连贯。没有表现出备尝辛酸的女人一生艰难的沉重。人物、情节都有点概念化,结局大致能想象到,没有多少现实意义。

---

① 地名,马来西亚沙巴东北部港市。
② 电影《望乡》中的主人公。

不过,扮演老太婆的田中绢代和扮演唐行小姐的高桥洋子,演技了不起,使人佩服,都为日本女演员扮演的娼妇角色叫好。

电影的观后感谈到此为止。今天想评述的是,一同看电影的一位女性评论家发表的饶有趣味的见解。

那个人快四十了,是个对电影界相当熟悉的才女。我们两人一边喝茶,一边谈论那部电影的感想,她突然说道:"也有人认为,高桥洋子让那样纹遍全身的强壮男人强暴,很棒啊。"

我认为,这句话的意思对没看过电影的人来说很难懂。顺便说明一下其中的情节:高桥洋子所扮演的阿崎婆被卖到山打根的妓院,她作为一个十六七岁(详细年龄忘记了)的处女,突然被当地的一个浑身俱纹的彪形大汉强暴了。

当然,阿崎婆事前曾被楼主[①]要求接客而拼命反抗,但是还是被训斥、被殴打、被强行拉到那个男人所在的房间。

这个主角被夺走初夜的场面很有感染力,说实话,这是整部电影最精彩的场面,阿崎婆的悲剧也在此达到极限。

我们男人对这位可怜的妙龄少女被粗野异常的男人强行施暴,感到愤怒和悲哀。这一点,也与日后阿崎婆的酸甜苦辣产生共鸣相联系。

至少,这不是令人艳羡的事情,而应该是悲剧。

不!我们坚信这不是"应该"这类令人达观的事情,而是悲剧的开端。应怀着观看《正义之友》《鞍马天狗》[②]的那种正义感来对待这

---

① 即老鸨。
② 均为电视剧。

部电影：无论对方强壮也好，有风度也好，都不许凭金钱奸污女人！

有些女性想问题多么可怕，竟认为少女被人强暴的场面很棒。

*

认为被卖少女被纹身男人强奸的场面很棒，这是在发一种什么神经呢？

我们男性认为，这种情景绝对是女人的悲剧。相信在这样的时候，女人痛心、悲伤、无助，确实是凄惨的。

买卖良家女子的人贩子、贪婪金钱逼迫少女接客的楼主以及强行奸污少女的淫棍等，都是这世上的渣滓，是最坏且难以原谅的人。

实际上，正因为有此观念，才会被妓女的恋爱和烟花柳巷的故事所吸引，才相应感到愤慨、悲哀、共鸣或感动。

然而，属于与其同性的女人却说："让那样强壮的男人拥在怀里，真棒啊。"这是多么不严肃、多么无情的话语啊！

或许这也是女性独特的构思，我们作为男性，怎么也不会持有这种疏远的、冷淡的观点。

其实，我听女评论家说这个意见时，曾目不转睛地冲着她的脸庞凝视了好一阵子：这个相当美丽而温柔的女性竟同意如此之说？

这确实是个可怕的构思。女评论家还进一步地指出："因持有这种观点，妇女未必把那种场面视为悲剧。"

女性真的不把那种场面视为悲剧吗？是不是还会这样想：那个女人让那样健壮的男人拥在怀里，真棒啊。我也想当娼妓……

当然，大部分女性还会认为人身买卖、沦为娼妓是悲剧，像那个女评论家所说感到"很棒"的人是少数。人数虽少,感到和说出"很棒",则是千真万确的事实。

何况较为聪明的女人和年纪相当大的女人,对此满不在乎,实在令人可怕。

我是个懦弱的人,看到那种场景,感到有些痛苦,便转过脸去。继而看到有的年轻女性,一边吃着花生米,一边满不在乎地瞅着银幕,甚感惊讶,觉得自己是个异类,被时代甩掉了。

说实话,作为一个男人、一个异性,可以对此做出随意的揣测。总觉得在这种时候,女人可能会更受伤、更痛苦、更气愤。然而,竟会对那种被强暴的场面,或无动于衷,或感到快乐或羡妒,那是为什么呢?

男人对女人的悲剧由衷地同情、所引起的共鸣是什么呢?或许是男人自己在唱独角戏,自我描绘悲哀、可怜的女主人公形象,随意地认为自己已成了正义之友,并因此而自我满足。如果是这样,就觉得大脑一片混乱。

图书在版编目（ＣＩＰ）数据

女神 / （日）渡边淳一著；时卫国译 . —青岛：
青岛出版社, 2018.12
ISBN 978-7-5552-7894-8

Ⅰ.①女… Ⅱ.①渡… ②时… Ⅲ.①随笔—作品集
—日本—现代 Ⅳ.① I313.65

中国版本图书馆 CIP 数据核字（2018）第 248607 号

わたしの女神たち by 渡辺淳一
Copyrights：©1976 by 渡辺淳一
This edition arranged through OH INTERNATIONAL CO. LTD.
Simplified Chinese edition copyrights：©2018 by Qingdao
Publishing House Co., Ltd.
All rights reserved .
简体中文版通过渡边淳一继承人经由 OH INTERNATIONAL 株式会社授权出版
山东省版权局著作权合同登记号 图字：15-2017-237 号

书　　名	女　神
著　　者	（日）渡边淳一
译　　者	时卫国
出版发行	青岛出版社
社　　址	青岛市海尔路 182 号（266061）
本社网址	http://www.qdpub.com
邮购电话	13335059110　0532-68068026
策　　划	刘　咏　杨成舜
责任编辑	霍芳芳
封面设计	末末美书
照　　排	青岛双星华信印刷有限公司
印　　刷	青岛国彩印刷有限公司
出版日期	2018 年 12 月第 1 版　2018 年 12 月第 1 次印刷
开　　本	大 32 开（890mm×1240mm）
印　　张	6
字　　数	90 千
印　　数	1-10000
书　　号	ISBN 978-7-5552-7894-8
定　　价	35.00 元

编校质量、盗版监督服务电话　4006532017　0532-68068638
本书建议陈列类别：日本・畅销・随笔